あやかし遊郭の居候

悠井すみれ

富士見L文庫

本書は、２０２２年に魔法のｉらんどで実施された「魔法のｉらんど大賞２０２２・小説大賞文芸総合部門」で特別賞を受賞した「あやかし遊郭の居候　～明治吉原夢幻譚～」を加筆修正したものです。

目次

あやかしゆうかくのいそうろう

一章　逃げ込んだのはあやかしの世界

間近を駆け抜けた人力車の勢いに、千早は思わずよろめいた。

「危ねえな！　ぼうっとするんじゃねえ！」

「ご、ごめんなさい」

慌てて頭を下げた時には、人力車はすでに自らが巻き起こした土埃の遥か彼方に過ぎ去っていた。幌を下ろしたふたり掛けの車の座席を、悠々とひとりで占めていたのは、洋装の紳士だったような。浅草辺りから足を延ばした物見遊山の客が、昼の吉原を見物しようとでもしていたのだろうか。

（怒鳴られるだけで済んで良かった、けど……）

木綿の着物の裾を汚した塵をそっと払って、わずかばかりの荷物を抱え直して、千早は途方に暮れた。

籠の鳥とはよく言ったもの。ここ、吉原では若い娘がひとり歩きなどしないものだ。千早は鑑札をもらった娼妓ではないけれど、自由の身というわけでもない。見世から離れてうろうろしているのを見咎められたら、警察に連れていかれても文句が言えない。

（どうしよう……どうすれば良いの……？）

花見の季節が終わって、桜並木が片付けられた後だからだろう。日が落ちれば不夜の明るさと賑わいを誇る仲の町通りも、今の時間はまだ比較的人通りが少ない。見世のお遣いだとでも思われているのか、きょろきょろと辺りを見回す千早の不安顔を、不審に思う者はいないようだ。……今のところは。

でも、だからといって油断は決してできない。

彼女が姿を消したことに、いつ、誰が気付くか知れないのだから。

千早は、吉原生まれの吉原育ちだ。幼いころに死別した母は娼妓、父はその客だったらしい。らしい、というのはどこの誰だか知れないからだ。

父の唯一の形見の煙草入れは蒔絵細工の見事なものだ。千早が生まれるまで母を援助していたという話だから、裕福な商人や、もしかしたら華族じゃないか、だとか言う人もいるけれど、どうだろう。身重の母を捨てたことに変わりはないから、知ってもどうしようもない類のことだと、千早は思う。

金が尽きたか心変わりか、あるいは身内に女遊びを咎められたか。御一新の前から今に至るまで、吉原ではよくある話だ。

母が最後に落ち着いた花蝶屋が、千早の実家のようなものだった。娼妓見習いの下新造という名目だけれど、要は下働きの何でも屋だ。何しろ、彼女の背には母が返しきれなかった借金が負わされているのだから。

楼主の娘の寿々の遊び相手や話し相手に、使い走り。姐さんたちの着つけや化粧を手伝ったり、掃除や片付けを命じられたり。

その合間には、唄や踊りや三味線の稽古もさせられた。吉原で金を稼ぐと言ったら、やはりまず「そういうこと」になるということだ。

「千早は本当に可哀想ねえ。親の顔も知らないで、学校にも行けないで、ずっと働き詰めなんて」

寿々お嬢様は、よく哀れんでくれたものだけれど。千早は自分の境遇をそれほど気にしていなかった。

当世風に矢絣の小袖に袴を纏い、足もとは編み上げのブーツを光らせて。艶やかな黒髪にリボンを結んで、さっそうと女学校に通うお嬢様のことが、羨ましくないといえば嘘になる。

でも、上を見上げればきりがないのと同様に、千早よりもずっと苦しく悲しい思いをしている人たちもたくさんいる。少なくとも、千早は親がいなくて寂しい恋しいと思うことはなかった。そもそも、可愛がられた記憶というものがないのだから悲しみようがない。

だから、田舎から売られてきて泣く子を慰めることもできた。楼主に女将さんに遣り手のおばさんに――見世の人の性格もよく見知っていたから、人より怒られる回数は幾らか少なかったと思う。

だから――千早は、何もかも仕方のないことだと思っていた。屋根があるところで寝起きできて、とりあえず飢えることがないだけ幸せなのだと。多くを望まず、与えられたものに満足していれば良い。どうせ、娼妓の子なんてほかに行くあてはないのだから。

そう思ってこの十六年ほどを過ごしていた。

今朝、までは。

「大変よ、千早。逃げないと。今、すぐに！」

昨夜の座敷(ざしき)を片付けて、客を見送る姐さんたちの横で頭を下げて。ようやく朝寝を許されて横になっていた千早は、襖(ふすま)をがらりと開ける音で叩(たた)き起こされた。

重い目蓋を懸命に持ち上げると、袴姿の寿々お嬢様が仁王立ちしていた。

勝気な表情も強い言葉も、お嬢様にはいつものこと。だけど、今日に限っては何か鬼気迫る気配を感じ取って、千早は慌てて身体(からだ)を起こした。その枕元に、お嬢様は素早く駆け寄って膝をつき、低い声で囁(ささや)いた。

「お父さんとお母さんが話しているのを聞いたのよ。あんたを売り飛ばすって！　怪しい人も来てたのよ。おかしな見世に売られたら、その日から客を取らされるわよ!?」

「え、ええ――」

昨晩も、遅くまで膳や酒肴を運んで階段を上り下りしていたのだ。眠気と疲れで、最初は何を言われているのか分からなくて、千早は目を瞬かせた。その鈍さに苛立ったように、寿々お嬢様は布団を剝ぎ取り、風呂敷の包みを彼女に押し付けた。

「はい、あんたの荷物。お小遣いも入れてあげたわ。さっさと着替えなさい」

言われるがままに荷物を受け取って、小袖を羽織って、お嬢様に帯を締めてもらううちに、千早の耳にもお嬢様の父である楼主が呼ばわるのが聞こえてきた。

「千早はどこだ？　あいつを育てといて良かった。恩を返してもらえるぞ――」

それを聞いて、千早の目もやっと覚めた。妓楼の主に負った恩といえば、つまりは母から継いだ借金のことだ。千早は、返済をずっと待ってもらっているということになっている。彼女の衣食や稽古の掛かりも、みんなみんな、後々返さなければならないものだった。

「お嬢様……！」

客を取らされる。余所の見世か、好事家に売られる。帯を解いて裸になって――色々なことを、する。される。させられる。

絶対に嫌だ、無理だ、と思った。

姐さんたちもしている、当たり前の営みだと思っていたことが、実は違った。現実に迫ったとたんに、それはとてつもなくおぞましく恐ろしいことだと気付かされたのだ。

青褪(ざ)めた千早の震える手を、寿々お嬢様はしっかりと握って見世の裏口まで連れて行ってくれた。

「ね、言ったでしょ。お父さんたちには上手(うま)く誤魔化して時間を稼ぐわ。だから、早く！」

「は、はい……」

裏通りに飛び出した千早の背に、火打石を打ち合わせる音が高く聞こえた。お嬢様が切火(きりび)を切ってくれたのだ。

妓楼では、何かと験を担ぐもの。見世に出る時、検診を受ける時。色々な時に色々な場所で聞こえる、吉原では馴染(なじ)みの音だ。

借金を返さず身ひとつで逃げ出すという、ここではあるまじき行いをする時にまで、その音が追いかけてくるのがほんの少しだけおかしかった。

切火の音ならぬ鐘の音が耳に届いて、千早は、はっと我に返った。

眠る吉原の町を起こすような高らかな鐘の音は、角海老(かどえび)楼の機械時計が時を告げているのだ。吉原屈指の大見世が、三階建ての壮麗な建物に据え付けた、ご自慢の西洋式の時計。

これもまた、吉原育ちの千早にとっては耳慣れた調べだ。花蝶屋の中で聞くなら時刻を知らせてくれるだけの音だけど、今はまた違った響きで彼女を追い立てる。見世を抜け出してから、時間を無駄にするいっぽうだと思うと、焦りが募った。

（止まっていてもどうにもならない……どこかへ、行かないと）

裏通りに入って大門を目指す千早の耳に、寿々お嬢様に言い聞かされた言葉が蘇る。

「大門を出たら、鉄道馬車に乗るのよ。新橋でも上野でも品川でも——とにかく、吉原から離れるの」

大門を出ること自体は不可能ではない、と思う。

徳川の御代の時のように、大門に番所があって同心が詰めている、ということはもうない。入り鉄砲に出女よろしく厳しく見張られて、特別に渡される切手がなければ女は出入りできないなんてことは、明治の御代ではもうないのだ。

千早の髪形は素人臭い束髪で、まだ娼妓ではないことは傍目には明らかだろうから。ちゃんと用事があるんです、という顔で堂々と出て行けば、居並ぶ茶屋や芸者置屋の者に通報されることもないかもしれない。

鉄道馬車、というものがあるのも知っている。

線路に載せた車両を馬に曳かせるもので、蹴られそうになったとか馬糞を踏んだとかは座敷でも話の種だから。姐さんたちや遣り手のおばさんに連れられての浅草寺参りの時に見かけたから、浅草のどこかで乗れるらしいということも。

浅草は——吉原からそう遠くない。顔を上げれば、赤煉瓦も眩しい凌雲閣が、その名の通り雲を突き抜けて聳えている。十二階建ての物見の塔を目印にすれば、不慣れな千早ひとりでも迷うことはないだろう。

でも、その後は？

千早は、鉄道馬車の乗り方を知らない。切符は幾らなのか。どの駅で降りればどこへ行けるのか。新橋だの品川だの地名について知っていることといえば、そこにも花街があるということくらい。千早の知識は、吉原のお歯黒溝の内側のこと以外は、もっぱら客と姐さんたちの噂やまた聞きから得たことに限られる。

（私……今まで何をして生きてきたんだろう）

彼女には、何もない。吉原の外で生き抜く知恵も、何になりたい、どうしたいという願いも。そうと気付いて、千早の足が止まってしまう。

言いなりに流されるだけの人生なのだから、これからも流されたほうが良いのだろうか。

そんな考えさえ、頭を過ぎるけれど――

（ううん……違う！）

嫌だ、と。強く思った自分を信じたかった。寿々お嬢様の手引きだって無駄にできない。

諦めてはならない。できるかぎり、足掻くのだ。

「……行かなきゃ」

決意を声に出した瞬間だった。荒々しい男の足音が幾つか、長屋をひとつ隔てたあたりから聞こえてきた。それに、声高な話し声が。

「花蝶さんじゃないか。どうしたんだい、慌てて」

「いや、下新の姿が見えなくてね。ちょっと散歩くらいなら目くじら立てることもないんだが……」

「ああ、借りも返さず逃げられたんじゃ堪らねえよなあ」

「だろう。育ててやったのが丸損だ」

こぼれそうになった悲鳴を、千早は掌を噛んでどうにか呑み込んだ。

見世の者が、もう捜しに出向いているのだ。話し相手は、別の妓楼の者か、芸者置屋の者か――いずれにしても、千早を庇ってくれる気配は、ない。

当然だ。娼妓は牛馬同然の「商品」で、逃げたなら捕まえて「持ち主」に返してやるのが道理というものだ。

「どんな娘だい。捜してやるよ」

「背丈はこれくらい。着物は、たぶん――」

じっと聞いていることなんてできなくて、千早はよろめいた。じゃり、と草履が滑る音を聞いて、辛うじて倒れず踏みとどまる。さらに気力を集めて、足を踏み出す。

「嫌。やだ――」

目立つかどうかなんて考える余裕もなく、彼女は駆け出していた。

（神様、仏様……！）

ろくに祈ったこともない神仏に、必死に助けを請い、願う。

これからはもっと一生懸命生きますから。一日一日、一瞬一瞬をもっと大事にしますから。だから、その機会を与えてください。訳の分からないままに籠から出されて、そしてすぐにまた捕まるなんて、ひどい仕打ちはやめてください。

「お、あいつか⁉」

「大門に人をやれ！　通すなよ！」

でも、吉原で女の願いを叶える神も仏もきっといないのだ。浅草寺はあんなに近くにあって、あまたの人の信仰を集めているというのに、ここでは女は泣いてばかりなのだから。

（でも……それでも。どうか――）

「待て、こいつ……！」

背後に、男の重く荒っぽい足音と息遣いが迫る。股引姿の男たちのほうが、千早よりずっと足が早いのだ。

すぐに追いつかれる。捕まって、連れ戻される。折檻されて、売られて。ひどいことをされるか、させられる。

恐ろしい未来が間近に見えて、千早の目に涙が浮かんだ。前を向いて、自分の足で懸命に進みたいと思ったばかりなのに。小娘には抗うことさえろくにできないなんて。

「助けて……っ」

喘いだ瞬間、力が入らなくなっていた足が滑る。身体の均衡が崩れる。転んでしまう。

──終わりだ。

血が凍る思いをした千早を受け止めたのは、でも、冷たく硬い地面ではなかった。

「──助けを求めたか？」

「え？」

耳元で聞こえた低く柔らかい声に、彼女を抱き止めた腕の頼もしさと温もりに、千早は思わず声を漏らしていた。

顔を上げた先には、とても綺麗な顔をした男の人が、ひたと彼女を見下ろしていた。吸い込まれそうな夜の色の目に、ただでさえ上がった息がますます苦しくなってしまう。

抜けるように白い肌に、射干玉の黒髪も艶々として──花蝶屋で御職を張っていた清花姐さんより、寿々お嬢様より、ずっと綺麗。大島紬の袷に羽織を合わせた出で立ちも、すっきりと様になっている。

ううん、そんなことよりも。

（どうして？　私、真っ直ぐに走っていたのに……）

男の人の後ろに、暖簾が見える。さらにその奥に見え隠れするのは、見世の二階に上がるための階段だ。どうみても、遊郭ならではの造りの表口だった。

でも、千早はひたすら大門を目指して駆けていたのに——どうしてこんな風に抱き止められているのだろう。

とはいえ呆然としたのも一瞬のこと、千早はぼんやりしている暇はないのを思い出した。

「あの、私、売られてしまうところで……！　どうか、隠れさせてください……！」

馬鹿なことを言っているのは分かっていた。貧相な小娘を匿うより、追手に突き出して謝礼をもらったほうがよほど得だ。女を売り買いするのが倣いの色街で、そのていどの計算ができない者がいるはずがない。

「ああ……追われているのか」

「私、親がいなくて行くあてもないんです。どうか……」

縋るように摑んだ男の人の袖は、絹のひんやりと滑らかな感触がこんな時でも心地良かった。日ごろから着こなして、肌に馴染ませた証だろう。

遠目には無地の鉄紺色に見えた生地は、間近に見れば細かな亀甲紋が織り出されている。とても手のかかった、上等の生地だ。

(こんな人に何を言っているんだろう、私……)

吉原でこれほど洒落た格好をしているということは、それだけ稼いでいるということだ。女の涙に心を動かされる甘さも優しさも、とうに擦り切れているのだろうに。

男の人の腕に力が籠るのを感じて、千早は身体を強張らせた。摑まれて、突き出されるのだと思ったから。でも——

「分かった」

男の人は、あっさりと頷くと千早を背中に隠して庇ってくれた。同時に首を捻って、見世の奥に声を掛ける。

「四郎、手荒い客が来ている。相手してくれ」

「はいはい、承知いたしました」

呼ばれて現れたのは、黒い縮緬の羽織を纏った、人の良さそうな中年の男だった。にこやかで品も良く、それでいて気弱な感じはしないから、番頭あたりの役目だろうか。大島紬の人の陰に庇われた千早にも、その人は愛想よく微笑むと軽く頭を下げてくれた。

（月の中に、束稲……？）

四郎というらしい男の羽織には、細い三日月で作った輪の中に、稲の束を曲げて収めた意匠が描かれていた。この見世の屋号紋なのだろうが、そんな見世があっただろうか。

「下新が足抜けしたかもしれねえんだ。こっちに隠れちゃいねえかい」

「さて、うちには心当たりがございませんねえ」

四郎が追手とやり取りする間に、綺麗な男の人は千早を暖簾の奥に隠してくれた。

そこには土間が広がり、その一角は台所になっていて井戸と竈があるのも見て取れる。首を巡らせれば、張り見世の赤く塗られた籬も見える。やはりここは遊郭なのだ。

(総籬……大見世なのに、知らないなんて……？)

四郎に言いつけた様子からして、この人が楼主なのか。こんな若い、それも美形の楼主がいるなら、姐さんたちやお嬢様が必ず噂にしていただろうに。

千早の不思議そうな眼差しに気付いたのか、綺麗な人は静かに彼女の唇に指をあてた。声を立てるな、との無言の言いつけに、千早は頬が熱くなるのを感じながら小さく頷いた。

息を潜めていると、暖簾越しのやり取りがはっきりと聞こえてくる。

「……おい、こんなとこにこんな見世があったか……？」

「怪しいな。念のために中を覗かせてくれよ。やましいことがないなら良いだろう？」

花蝶屋の追手も、この見世のことを知らないらしい。不審は苛立ちを誘ったようで、一段高まった声に、地面を踏む足音に、千早は気が気ではない。

「良いわけないでしょう」

でも、四郎は毅然とした態度で応じてくれている。

「花魁たちはやっと休んだところなんですよ。ねえ、じゃあその娘さんの顔かたちを教えてくださいよ。誰か見かけてないか、くらいなら聞いてみますから」

「……十六の娘だが、痩せてるからもっと幼く見えるかもしれない。色白で、顔かたちは悪くない。細面で、目元もすっきりしている。いつもはへらへら笑ってるが、今はどうだろうな……」

（へらへら……）

あんまりな言われように、千早は自分の顔を両手で包み込んだ。

何も考えずに——考えないように——過ごしていたからだろう。にこやかに聞き分け良くしていたつもりでも、傍からはそう見えていたということだ。

千早の着物や帯の色まで聞かされて、四郎は首を捻ったようだった。暖簾に映る彼の影が、腕組みをする。

「へえ、そんな娘さん、さっき見たような見なかったような……」

「だから、すぐその辺で見失ったんだ！　どっちへ行った⁉」

千早が悲鳴を上げずに済んだのは、大島紬の綺麗な人が、肩を押さえてくれたからだった。安心しろ、と言うかのように。会ったばかりの、何も知らない人だけど、その掌は温かくて心強くて——信じて良いと、思えた。

それに、四郎は千早を引き渡してしまうつもりではないらしい。いきり立つ花蝶屋の者たちと裏腹に、彼の声はまだ朗らかな響きをしていた。

「まあまあ、落ち着いて。今、思い出してるんだから。その娘さんは——こんな顔、でしたかねえ？」

暖簾に映る四郎の影が、追手たちにぐいと顔を突き出した。

四郎と千早はもちろん似ていないし、似顔絵を描くような暇もなかったのに。不思議に思ったのも一瞬――

「っぎゃあぁぁあ!?」

「お、お化けだあ！」

耳を劈く悲鳴が響いた。次いで、男たちの慌ただしい足音が遠ざかる。鈍い音も幾つかしたのは、派手に転んだかぶつかり合ったかしたのではないだろうか。

（お化け……？）

四郎は、どこにでもいそうな穏やかな顔をしていた。声を荒らげてさえいなかったし、怖い顔で脅かすなんてできそうにない。

いったいどうやって、と思っても、綺麗な人はまだしっかりと千早の肩を押さえているし、彼女も暖簾の外に踏み出す勇気はない。

「やれやれ、帰っていただきましたよ。お嬢さん、難儀なことでしたねえ。でも、この月虹楼の楼主は優しいから――」

訝しむうちに、四郎が暖簾を潜って戻ってきた。顔をちらりと見ただけの千早を気遣ってくれる彼こそ優しい。でも、千早は四郎の慰めに答えることができなかった。

「きゃああっ、お化け……！」

代わりに、さっきの男たちとそっくり同じ悲鳴を上げてしまう。

だって、四郎の顔には目も鼻も口もなかった。それでいったい、どうやってしゃべっているのだろう。凹凸も何もない、肌の色がのっぺりと広がるその「顔」は――

（のっぺらぼう……本当にいるんだ……）

怪談でよく聞く名前を思い浮かべながら。

「お嬢さん！」

「おい、大丈夫か……!?」

四郎と、綺麗な人の狼狽える声を聞きながら。千早は意識を手放していた。

＊＊＊

深く闇に沈んでいた千早の意識が、ゆっくりと浮かび上がる。目を開けると――

「あ、起きた」

「目を覚ました」

ふたりの女の子が、彼女を見下ろしていた。

七つか八つくらいだろうか。やや吊り上がった、ぱっちりとした目に、桃のような丸い頬。紅も刷いていないだろうに紅い唇が、三日月の形に弧を描いている。上げた前髪の生え際の、産毛の柔らかそうなこと。

とても可愛らしくて、そして、とてもよく似たふたつの顔。

「え……？」

寝惚けて視界がぼやけているのかと思って、瞬いてみる。でも、目に映るものは変わらない。

瓜ふたつの愛らしい女の子が、同じ角度で口元に手をあてて、嬉しそうに笑っている。

「楼主様あ、娘が起きいした」

「起きいしたあ」

千早が寝かされた座敷の外に呼び掛ける声も、三味線の同じ弦の同じ個所を弾いたようにそっくりだった。確かに禿は対で花魁を引き立てるもので、着物や飾りもお揃いにしたりするけれど、これほどまでに鏡合わせのふたりは珍しい。

女の子たちが襖のほうへ首を捻ると、初々しい桃割れに結った髪が見て取れた。丸い髷を飾る手絡の色は、ひとりが朱鷺色、もうひとりが青藍色。なるほど、これで見分けがつけられる。それに――

（耳……？）

ふたりの違いは、ほかにもあった。頭の横から飛び出す三角の「耳」だ。朱鷺色の手絡には黒いの、青藍色のほうは白いの。ぴこぴこと動いて毛が生えていて、思わず触れたくなってしまう。

（尻尾……？）

さらには、ふたりが纏う振袖の裾から覗く「ふわふわ」だ。

「耳」の色と同じ、黒と白の毛に覆われていて、長くてしなやかな——尻尾、としか呼びようがない。化け猫、猫又。そんな言葉が千早の頭をぐるぐると回る。

「早く着替えて下に来やんせ」

「楼主様がお待ちでありんすよ」

布団に寝たままでぽかんとしている千早を覗き込んで、女の子たちは唇を尖らせる。高く澄んだ声が紡ぐのは、古風な廓言葉だった。

私をわっちと呼んで、語尾にありんす、とつけたりする——昔の吉原で、郷里の訛りを隠すために、遊女が使った言葉のはず。でも、御一新以来、そんな習慣はすっかり廃れたと聞いている。花蝶屋でも、そんな言葉遣いを耳にしたことはない。

（子供だから、面白がって使っているとか……？）

明らかに「普通の」子供ではない——猫の耳と尻尾が生えたこの子たちを、人間の子供と同じに考えて良いのか分からないけれど。

姐さんたちや客たちがよく苦しんでいる二日酔いというやつは、こんな感じではないだろうか。頭を内側から揺さぶられるような、目眩のような感覚を味わいながら、千早はどうにか身体を起こした。手をついた布団は、花蝶屋で宛がわれていたのよりも三倍は厚いふかふかのものだったから、ここでもまた調子が狂う。こんな上等の布団は、売れっ妓の花魁か楼主の一家でなければ使ってはいけないものだ。

自身の身体を見下ろせば、纏っているのは襦袢一枚。でも、枕元には着ていた小袖が畳まれている。その傍らには、大事に抱えていた荷物もちゃんとある。くたびれた蘇芳色の絣、着古した木綿の感触に、やっとひと息吐くことができた気がする。

「貴女たちが畳んでくれたの？」

少し崩れた小袖の様子は、子供が懸命に仕事をした姿が思い浮かんで微笑ましかった。

千早が問うと、黒と白の「耳」の先が、得意げにぴくぴくと動いた。

「あい」

「ささ、早く、早く」

まとわりつく女の子たちは、じゃれつく子猫のようだった。寿々お嬢様が飼っている三毛の若菜は、日向で寝ているばかりだというのにずいぶんな違いだ。

(この子たちが……ここが、何なのか――それは、まだ、分からないけれど)

気を緩めて、良いのだろうか。悪いようにはされないらしい、と。

吉原にあって若い娘が甘い考えを抱くのは禁物なのだろうけれど。布団の柔らかさに、禿たちの愛らしさに、心がふわふわとするのを抑えられなかった。

子猫のような少女たちに、手伝ってもらったのか邪魔をされたのか、それもまた分からないような有り様で、千早はどうにか帯を締めて、乱れた髪を梳き直した。身なりを整えることで、気持ちも少しは落ち着いた。これで、あの綺麗な人の前にも出られそうだ。

楼主様というのは、きっとあの人のことだ。

猫耳尻尾の禿たちに手を引かれて、千早は内所に案内された。

暖簾の向こうに広がっていた土間のさらに奥、楼主が見世を見渡す場所のことだ。花蝶屋の楼主、寿々お嬢様の父がいつも腰を据えている場所でもある。だから、初めての建物でも戸惑うことなく足を進めることができた。遊郭というものは、多かれ少なかれ似たような構造のようだ。ただ――

（すごく、明るくて綺麗だわ……）

とろりとした飴色に磨かれた床にそっと足を乗せながら、千早はきょろきょろと辺りを見回した。

花蝶屋だって毎日のように彼女たちが雑巾がけをしていたから、清潔さでは劣らないはず。でも、それだけの話ではない。いくら間仕切りをなくして窓を開けても、建物の中は薄暗いものなのだ。遊郭ならば、灯りを点す夜のほうが明るいかもしれないほどだ。

客もいない日中に石油ランプを点すのは不経済だし、そもそも独特の臭いもしない。この見世には、何か変わった仕掛けでもあるのか――それとも、仕掛けが「ない」のに「こう」だったりして？

埒（らち）もないことを考えながら内所に入ると、い草の青い香りが爽やかに匂い立っていた。季節ごとに畳を張り替えることができるなら、やはりここはとても格式が高い見世だ。それに、千早に用意された座布団も、花菱（はなびし）模様を刺繍（ししゅう）した絹のもの、木綿の着物でお尻を乗せるには、恐れ多いほどの品だった。

「娘をお連れいたしいした」

「ああ、ご苦労」

恐れ多いというなら、楼主という人と差し向かいになることも、だけれど。

神棚を背に、長火鉢を傍らに。銀細工の煙管（きせる）を手に弄びつつ、千早を待っていたのは――やはりあの綺麗な大島紬（おおしまつむぎ）の人だった。さっきはあんなに間近に見つめられて、触れられさえしたのを思い出すと、自然、千早の頬は熱くなってしまう。

「ただ今、お茶をお淹（い）れいたしんす」

猫耳と尻尾の禿たちが、可愛らしくお辞儀をしてから退出すると、空気がぴりりと張りつめたような気がした。

といっても、花蝶屋の楼主の前に出た時とは違って、叱られたり折檻（せっかん）されたりするのを恐れる、嫌な、怖い感じではない。

喩（たと）えるなら――そう、琴でも三味線でも、名手の演奏が始まるのを待つ時のような。

「顔色は悪くないな。良かった」

だって、綺麗な人は声も澄んで、音楽のように綺麗だから。必死だったとはいえ、着物を掴(つか)んで訴えるなんて、よくもあんな大胆なことができたものだ。今さらながら、はしたなさと図々(ずうずう)しさに、消え入りたい気分だった。

「驚かせて申し訳ないことをしましたねえ」

綺麗な人の脇には、柔和な笑みの四郎も控えている。そう、笑顔が見えるからには、彼の目鼻はちゃんとあるべき場所についている。それでも、卒倒するほど驚いた記憶がよみがえると、千早の顔は引き攣(つ)って、喉はとたんに干上がった。でも、二度も悲鳴を上げるなんて、恩知らずにもほどがあるだろう。

「いいえ……私こそ」

やっと、まともに声を出すことができた。そして、深呼吸すること、数度。心を落ち着けて居住まいを正してから、千早は畳に掌(てのひら)をつき、深く丁寧に頭を下げた。

「助けていただいたのに、失礼をしてしまいました。申し訳ございませんでした」

この場所に呼ばれたのは、礼を言う場を設けてくれるということだろう。本来ならば、千早のほうから機会を乞わなければならなかったのに、面目のないことだ。でも、だからこそしっかりときっちりと誠意を見せなければ。

千早の旋毛(つむじ)に、感心したような溜息(ためいき)が降ってきた。

「良い度胸で、よく躾(しつけ)されているようだ。この見世のことも四郎のことも、気になってしかたないだろうに」

「それは……そうですけど。でも、まずお礼を言わないという訳には。あの――」

「楽にしてくれ。頭を下げさせるために呼んだのではない。こちらこそ、頼みごとがあるのだ」

重ねて御礼を言おうとする千早を遮って、綺麗な人は煙管を軽く振った。煌めく銀の軌跡に促されて、千早は恐る恐る顔を上げた。

（でも……お礼、ちゃんとしないと……）

言葉を紡ごうと小さく開いた千早の唇は、楼主の微笑みによって固まってしまった。吸い込まれそうな黒い目に見つめられて、またくらくらとして倒れてしまいそう。その隙に、ということなのか――綺麗な人は、首を巡らせて建物全体を示した。

「――ここは月虹楼という、見ての通りの遊郭だ。俺は楼主を務める、朔という」

楼主の指が優雅に動いて、長火鉢の灰に文字を描いた。自身の名と、見世の名と。寒い季節ではないから、火鉢に炭は入っていない。均された白い灰は、立派に書き付けの用を為した。綺麗な人は、灰に指で書いた字でさえ綺麗なのだと、千早は知った。

「げっこうろう……」

四郎の羽織に描かれていた紋の、月の部分については納得がいった。

朔、という名前にも月が隠れている。朔は、ついたちという意味でもある。旧暦なら、必ず新月にあたる夜。暗い闇夜に、月に代わって密(ひそ)やかに輝くような、そんな美貌の人だと思う。

「月にかかる虹のごとく、星月よりもさらにぼやけた曖昧な場所。現世(うつしょ)からは見ることはできても触ることはできず、迷い込んで遊ぶことはできても留(とど)まることはできず――そんな場所なんだ、ここは」

「はい。だから私、こんな見世があったっけ、って――」

楼主の――朔の声にうっとりとしながら、千早はどうにか口を挟んだ。

住む者だからこそよく知っている。吉原は決して夢の世界ではない。

お歯黒溝の水は黒く淀(よど)んで。月も星も掻(か)き消す地上の眩(まばゆ)い輝きは、いっそう濃く暗い陰と裏表。その陰の中では女が泣いたり酔客が嘔吐(おうと)したりしているのだ。だから遠くから見上げるくらいがきっと一番綺麗なのだろう。

「並みの人間には見えない。あやかしの世界と人の世界は――何というか、少しずれて存在しているから。ここは、あやかしの遊郭なんだ」

「あやかし……」

白い両手を宙に伸べて、紙一重のところですれ違わせる――朔の仕草も舞いのように優雅で優美で、何を言われているかさっぱり頭に入って来ない。

「例えば、のっぺらぼうとかですねえ」

「そう。遊女も禿も使用人も、すべて人ではないものばかり、ということだな」

「ああ、だから……」

四郎がちょうど良く合いの手を入れてくれなかったら、朔が補足してくれなかったら。千早はひたすら鸚鵡返しに聞こえた言葉を繰り返すだけだっただろう。さらにちょうど良く、猫耳尻尾の禿たちが、茶菓を携えて戻ってくる。

「わっちらの『これ』も、飾りではありいせんよ？」

「ほらほら、ご覧なんせ。自在に動くのでありんすよ」

「う、うん……すごいね……」

話の流れを聞いていたのだろう、そっくりなふたりが、そっくりな声で動く「耳」と尻尾を自慢してくる。この子たちもまた、あやかしが確かに存在することの動かぬ証拠——でも、反応に困る。

千早がたじたじとしていると、朔が軽く手を打って子供たちを窘めた。

「珊瑚、瑠璃。良いから下がっていなさい」

「はあい」

禿たちは、宝石を意味する名前をもらっているらしい。髪に飾った手絡の色も、名前から来ているのだろうか。出された香り高い茶を口に運びながら、千早はどうにか納得した。訳が分からないことが多すぎて、分かるところから呑み込んでいかないとついていけない。

「――人の客が来たのは実に久しぶりのことだった」

だって、朔の話はまだまだ始まったばかりのようだから。

「浅草寺と吉原の賑わいにあやかろうと見世を構えて百余年、徳川の御代のうちは繁盛していたのだが、近ごろでは闇に目を向ける人間は少なくなってしまってな……」

「はい……最近はガス灯や電灯も明るくなって……？」

銀座のガス灯通りがもてはやされ、鹿鳴館が賑わったのも今は昔のことだ。明治の御代も三十年を数えた今、最近、と言えるのかどうか。どうも時節に外れたことを言っている気がしてならない。

首を傾げながら相槌を打った千早だったけれど、朔はまさに、と言わんばかりに頷いた。

「夜が暗くなくなれば、人は闇を恐れなくなる。妖しのものが潜む余地があるなどとは考えなくなる。まして、文明開化に廃仏毀釈と来て、科学で解き明かせぬことはないと考えているのだろう、近ごろの人間は」

「そうかも、しれません……？」

千早は、反対側に首を傾げた。

欧米列強の科学も技術もすごい、らしい。それこそガスも電気も、外国の発明を取り入れたもののはず。

鎖国時代の遅れを取り戻すべく、今の日本は国を挙げて働いている……のだろう。吉原しか知らない千早にとっては、どこか遠い世界の話だけれど。

「神も仏も――あやかしも。信じもしなければ恐れもしない。そんな時代はあやかしには生きづらい。神仏ならまだ信仰を集められるが、畏れられないあやかしは弱い。いないも同然なのだからな。もはや存在しないと思われているから――だから、この見世も人には見えなくなった」

「私……さっき、願いました。神様仏様、助けてください、って」

不意に考えていたことを当てられた気がして、千早の心臓は跳ねた。

追手が迫る中、吉原で女を助けてくれる神仏なんていないんだ、と絶望しかけた。でも、それでも諦めたくなかった。朔の声も腕も、祈りに応えてくれたようだった。

目を見開いた千早に、朔は蕩けるような優しい笑みを見せてくれた。

「この際、化物でも何でも良いから、とも思ったのではないか？　貴女の願いがこの見世を呼んだのだ。そして、現世との道を繋いだ」

「道を、繋ぐ……」

朔の話が、じわじわと腑に落ちてきた。どうして千早が、この見世を見つけることができたのか。花蝶屋の追手たちも知らなかったこの見世が、どうしてあの時あの場所に現れたのか。

この見世は――この人は、千早の声を聞いてくれたのだ。助けを求めて足掻く、必死の声を。それなら、なおのことお礼をしなければ。

「あの、私に頼みというのは――」

できることがあるなら、と。千早は居住まいを正し、身を乗り出した。すると、朔も真剣な面持ちで応じてくれる。

「この見世は、客もあやかしだ。だが、あやかしだけで成り立っているという訳でもない。あやかしは、人がいなくては生きられないものなのだ」

朔の隣で頷きながら、四郎が両手で顔を覆う。

「さっきの連中の顔と言ったら！　お見せできないのが残念でした。あれほど見事に嵌ってくれたのは、いったいいつ以来だったか……！　人を驚かせたり怖がらせたりもね、我々にとっては大事な食事みたいなものなんですよ」

いないいないばあ、の要領で四郎が手をどけたり戻したりすると、そのたびに目鼻口も消えては元の場所に現れる。

「きゃ……!?」

怖いし、驚きもする。でも――たとえ「のっぺらぼう」の時でも――四郎は楽しそうだった。宴席の余興のような、滑稽で軽妙な動きは、明るい音楽さえどこかから聞こえてきそう。いつしか、千早も悲鳴を忘れてくすくすと笑い始めてしまう。

「この通り、見世にいるあやかしの力は可愛いものだ。今の世の『明るさ』に掻き消されてすぐに消えてしまうような」

　そして、朔に言われて気付く。四郎は、何も突然おどけ始めた訳ではない。驚かせることしかできない──「そのていど」のあやかしなのだと、身をもって示したのだ。

（消えてしまう、って……本当に、文字通りに、なの？）

　疑問と不安は、口に出すまでもなく朔には伝わったようだった。彼は深く頷くと、座っていた座布団から腰をずらして畳の上に直接、端座した。そして、長くしなやかな指を、畳に揃える。

「この見世には人の客も必要なのだ。貴女がいれば現世からも『気付く』者がいくらかは増えるだろう。だから──しばらくこの見世に留まってもらえないだろうか」

　頭を下げるのは日常茶飯事でも、頭を下げられた記憶はとんとなかった。しかも、こんな綺麗な男の人に。

「え──えええ？」

　だから、否とも応とも、答える余裕なんてなくて。千早はただ、間抜けな声を上げることしかできなかった。

二章　月虹楼の女たち

座敷の障子を開けると、見事に手入れされた庭が広がっていた。

建物で囲んだ中庭に、四季折々の趣向を凝らす――あやかしの世界も、やはり妓楼の造りは人の世と同じらしい。

蓮が浮く池のほとりには、ほど良く苔むした石灯籠が配されて。初夏の新緑に、躑躅の花の鮮やかな赤や白や紫がよく映える。

（あやかしの世界でも普通に夕方になって夜になるんだ……）

千早が寝込んで、そして朔たちと話し込んでいるうちに、夕暮れの気配が忍び寄っていた。沈み始めた陽の光が、花の色をいっそう濃く染めていた。

不思議な気持ちで暮れ行く庭を眺める千早がいるのは、とりあえず、ということで与えられた一階のひと部屋だった。

見世の二階に座敷をもらえるのは、ひとり立ちした花魁だけ。使用人や水揚げ前の禿や新造は一階で寝起きするものだ。花蝶屋でもそうだった。

とはいえ、この月虹楼は畳の香りも良いし障子もまっさらだし、今朝までいた部屋よりもずっと綺麗で清潔で居心地が良かった。

早めの夕餉も、花蝶屋の賄いとは比べ物にならなかった。白いご飯に梅干しを添えて、香り立つ出汁をかけて茶漬けにして。さらには鮭の切り身まで焼いてもらった。

この半端な時間に、千早のためだけに温かい膳を用意してもらえるなんて破格のことだ。箸を動かすうちに感動の涙が溢れて、塩気が濃くなるのではないかと思ったほどだった。

「わっちらが新入りを迎えるのは初めてじゃ。嬉しいことじゃ」

「姐さんたちが起きなんしたら、見世を案内してやりんしょう」

空いた膳を片付けながら、珊瑚と瑠璃、化け猫だか猫又だかの禿は笑い合っている。

（新入りじゃ、ないんだけど……）

幼いふたりは、千早の立場や状況をよく分かっていないらしい。とにかく、下の立場の者ができたのが嬉しいようだ。

珊瑚は黒、瑠璃は白の尻尾が得意げに揺れるのが可愛らしくて、姐さん気取りなのが微笑ましくて。思い違いを訂正する気にもなれないまま――千早は、朔とのやり取りを思い返していた。

あやかしの世と人の世を繋ぐため、月虹楼に留まって欲しい――朔の頼みを聞いた千早は、身の上を打ち明けた。花蝶屋で育てられて、これまで自身の境遇に疑問を持つことなく過ごしてきたこと。それが間違っていたと気付いたこと。

（だから——私は、もう流されたくない。生きる目的を見つけたい）

抱いたばかりの決意が揺るがないよう、千早はお腹(なか)に力を込めて朔に向き合った。

月のない夜のような黒々とした目に見つめられていると、うっとりとして一も二もなく頷いてしまいそうだったから。

「——そういうことなので……妓楼から逃げ出したのに、別の妓楼にお世話になるわけにもいかないと思うんです」

「若い娘を追い回して売り飛ばすような見世と同じにして欲しくはないのだが」

「すみません」

朔が形の良い眉を寄せるのを見て、千早は肩を縮こまらせた。禿たちの伸び伸びとした様子からして、この見世では折檻(せっかん)なんてしないのだろう。ここではきっと、どれほど金を積まれても女の意思に反して売ったりしないのだ。

でも、それを分かった上でも、千早は吉原(よしわら)育ちの娘だった。妓楼とはどういう場所なのか、骨身に染みて知っている。彼女自身の想(おも)いとして居られないのと同じくらい、千早はここにいてはならない存在だと思うのだ。

「私……でも、何の芸もないんです。ただ置いていただくなんてできません」

花蝶屋での千早も、雑用係の何でも屋だった。まだ客を取らされていなかったのはもちろんのこと、座敷に出て芸をするほどの腕もなかったから。

でも、いずれはそうなるはずだった。だから、養ってもらえていたのだ。

そのことの、本当の意味に気付いたのが遅すぎたのだけど——客を取りたくない、そのつもりもない癖に、妓楼に置いてもらおうなんて図々しいにもほどがある。

「でもねえ、千早さん、行くあてもないということじゃないですか。ここを出てどうするつもりです？」

「それは……その……」

にこやかな困り顔という、器用な表情を浮かべた四郎に尋ねられると、言葉に詰まってしまうのだけれど。

「えっと、鉄道馬車の乗り方さえ教えていただければ。どこかで、住み込みの仕事でも見つけられれば、と……」

助けてもらった上で、それも、頼まれごとを断ったうえでおねだりなんて。あまりの虫の良さに、顔から火が出る思いだった。しかも、彼女の答えは寿々お嬢様の言いつけをなぞっただけのもの。千早はまだ、自分の頭で「これから」を考えることができていない。

「そんなあやふやなことで、どうして若い娘さんを笑って送り出せますか」

「それこそ芸がないのに、まともな仕事が見つかるとも思えない」

「それは——そうかも、しれないですけど……！」

相変わらずの笑顔のまま眉を下げる四郎に、ごく静かに指摘する朔に。ふたりに返す言葉が見つからなくて、でも、引き下がることもできなくて。正座した膝の上で拳を握る千早に、四郎がふわり、と笑いかけた。

「では、こういうのはいかがでしょう」

言いながら、四郎はずいと膝を進めた。千早と朔の間に入るような格好で、ふたりを交互に見比べながら、続ける。

「千早さんは、しばらく月虹楼にいてくだされば良い。少なくとも、もといた見世の連中が諦めるまでは。その間、こちらの手伝いでもしていただいて、お給金も出す、ということでは……？　ね、そのほうが今後の生計にも心強いでしょうし」

「あわよくば、ここに居ついてくれれば願ってもない、な」

朔は、四郎の案を気に入ったようだった。彼の元々の「頼み」と、ほぼ同じ形になるのだから当然だ。でも、これではまた流されているうちに話が決まってしまう。

「でも、それじゃ――せめて、期限を決めるとか」

「では、千早の『やりたいこと』が決まるまで、ということでは？　それすらまだ決まっていないのだろう？」

懸命に、抗おうとはしたのだけれど。

朔にさらりと名を呼ばれると、顔が火照って心臓が止まりそうになってしまう。死にそうな金魚のように口をぱくぱくさせていると、四郎はまた上手（うま）く隙を突くのだ。

「一度匿（かくま）った人が行き倒れたら、こっちも後味が悪いじゃないですか。で、千早さんだって完全に世話になる形は心苦しいですよねぇ。お互いにちょっとずつ譲るということで、ご勘弁願えませんかねぇ」

「ご勘弁、だなんて……」

きっと彼は、酔って管を巻く客もこうして言い包（くる）めてしまうのだろう。下手に出ている風でいて、気が付くと否とはいえないところに追い込まれている。収まらないのは千早の気持ちだけで、確かに素晴らしく都合の良（い）い条件ではあるのだけれど。

「では、改めて——先ほどの部屋に寝泊まりすると良い。珊瑚と瑠璃に、勝手を教えるように言っておこう」

とどめは、朔の嬉しそうな満面の笑みだった。闇夜に咲き誇る桜のような——綺麗で晴れやかで、華やかな。

その笑みを翳（かげ）らせるなんて絶対にできないと思ったから、千早は月虹楼の居候に収まることにしたのだ。

珊瑚の黒耳と、瑠璃の白耳が同時にぴんと立った。胸がくすぐったくなるほど柔らかそうな、ふたりの耳の桃色の内側は、どうやら天井を向いているようだ。扁桃形（アーモンド）のぱっちりとした二対の目が、千早を捉えてにこりと笑う。

「姐さんたちのお目覚めじゃ」

「千早、来なんせ」

「え──何か聞こえたの？　私には、全然……」

重たげな刺繍の振袖の袂を翻して、ふたりは千早の手を取った。

低い位置から引っ張られてよろめきながら、千早は驚かずにはいられない。人の声はおろか、天井が軋む音さえしなかったのに。

片手で千早の手を引いて、片手で口元を押さえて──間に鏡を置いたかのようなそっくり左右対称の仕草で、珊瑚と瑠璃はくすくすと笑った。

「人には聞こえずともわっちらには分かるもの」

「わっちらは猫だもの。鼠の足音も聞き逃しはいたしいせんよ」

「猫──それは、見れば分かるんだけど。あの、ふたりは猫又なの？　年を取って化けるようになったの……？」

四郎ののっぺらぼうのような、あやかしとしての名前を知りたかった。禿ふたりに露払いをさせる格好は、不遜にも花魁のようで落ち着かないし。

気を落ち着けるため、間を持たせるため、千早が問うと、少し吊り上がった大きな目が、呆れでさらに大きく見開かれた。

「猫又なら尻尾が分かれているでありんしょう」

「猫は、猫でありんすよ」

「だいたい、わっちらが老いぼれ猫などと失礼千万」

「こんなに柔らかい毛だというに」

「ねえ」

「ねえ」

珊瑚と瑠璃は、顔を見合わせながら可愛らしく憤慨しているようだった。黒と白、それぞれの色の尻尾も抗議するかのようにぺしぺしと千早の手を打っている。

(可愛い……なんて言ったらもっと怒りそうね……)

二本の尻尾の動きを目で追っていると、思わず頬が緩んでしまいそうになるのだけれど。前を行くふたりには気付かれないように息を潜めて、千早はそっと、見世の二階へと続く階段を上がった。

二階の座敷をひとつひとつ回って、千早は座敷持ちの花魁たちに挨拶をした。朔や四郎は、すでに部屋付きの禿や新造に話を通しておいてくれたのだろうか。珊瑚と瑠璃の拙い説明でも、誰もが心得た様子で頷いてくれた。

「それは難儀だったねえ」

「当分と言わず、いつまでも月虹楼(ここ)にいると良い」

「楼主様(おやかた)は女に甘いからねえ」

女たちが鏡の前でもろ肌を脱いで、髪を結ったり白粉(おしろい)を塗ったりするのは、花蝶屋でもお馴染(なじ)みの光景だった。でも、この月虹楼はずっと輝かしくて煌々(きらきら)しい。

まずは、衣装や飾りの格が違う。

花蝶屋の娼妓(しょうぎ)だって色とりどりの華やかな打掛を纏(まと)うけれど、その色の多くは近年出回るようになった化学染料で作り出されたものだ。職人が丹精した精妙な染めの色、絵師が自ら筆を揮(ふる)った花鳥風月の幽玄さには及ばない。

徳川(とくがわ)の御代(みよ)は遠くになりにけり、と。往事を知る遣(や)り手のおばさんが、時に溜息(ためいき)を吐くのを千早は見てきた。花魁の姿絵を庶民がこぞって買い求め、その着こなしに憧れるのは、もはや遠い過去のことなのだ。

(すごいわ。目が眩(くら)みそう)

それが、月虹楼の二階で装いを凝らす女たちを見ていると、かつての吉原が目の前に蘇(よみがえ)ったかのようだった。明治生まれの千早が言うのは、おかしなことかもしれないけれど。

眩(まばゆ)い金襴緞子(きんらんどんす)の重たげな帯には鶴が舞い龍が躍り、色とりどりの仕掛は四季折々の花や鳥、水の流れなどの絶景を切り取ったかのよう。

とろりとした艶の鼈甲(べっこう)の櫛(くし)、七宝が彩る簪(かんざし)、つまみ細工の髪飾りの、細やかで愛らしいこと。

どれをとっても、纏う女を引き立てるためのもので——質流れの品や、顔も知らない廃業した娼妓のお古なんかでは断じてない、贔屓(ひいき)の客が真心込めて見立てたのだと窺(うかが)える。

それに、何よりも女たちの顔が違う。

ここの女たちは、疲れ切っていない。勤めを嫌がってもいない。生き生きと伸び伸びと、美しく装うことを心から楽しんでいるかのよう。

花魁というのが、身体(からだ)を売る女のことではなくて、美貌と意気と張りとを誇る高嶺(たかね)の花だった古い御代なら、きっとこんな風だったのではないだろうか。

(最初からこの見世にいたら——逃げようなんて思わなかったかしら)

あやかしの世界にも口入れ屋や女衒(ぜげん)がいるのかは知らないけれど、千早が目に留められることなどないだろう。月虹楼の娼妓は、会う人会う人、文字通りに人間離れした美しい人ばかりだったから。

肌理(きめ)が細かいとか髪が艶やかだとか顔かたちが整っているというだけではなくて、ひと目で尋常の存在でないと知れるのだ。

どんな簪よりも輝く、水晶のような角を戴(いただ)く鬼がいる。青や緑の小さな宝石で、肌を直(じか)に飾っていると見えた人は、よく見れば鱗(うろこ)を煌(きら)めかせていた。すらりとした身体つきといい、涼しげな目元といい、蛇の化身なのかもしれない。

長い首に丁寧に白粉（おしろい）を塗るろくろ首もいれば、化粧をしながら後ろ頭の「口」に握り飯を放り込む二口女もいる。

夜道でひとりでいる時に出くわしていたなら、悲鳴を上げて腰を抜かしていたかもしれない。でも、可愛らしく物怖（ものお）じしない禿についていっていると、不思議と怖いとは感じなかった。月虹楼の娼妓が、揃（そろ）ってにこやかに接してくれるのも理由なのだろうけれど。

いくつ目の座敷（ざしき）だったろうか、襖（ふすま）を開けると、その部屋の主は顔の真ん中の涼しげなひとつ目を、艶（あで）やかに細めて微笑（ほほえ）んでいた。

「珊瑚、瑠璃。何の用だえ？」

「新入りに見世を案内しているのでござんすよ」

「わっちらの『妹』分となりいす。どうぞよろしく、お見知りおきを」

見世が開く前の慌ただしいひと時に押しかける申し訳なさに、千早はなるべく縮こまって手短に挨拶した。誠意は、揃えた手指や低く下げた頭、正した背筋で伝わると信じて。

「大変なご厚意をいただいて、ありがたく思っております。ご用があれば、何なりと――」

どの座敷でも、千早は緊張に声を震わせて口上を述べてきた。邪魔だどけ、うるさい、と。煙管（きせる）を投げつけられてもおかしくないところだと思っていたから。

花蝶屋の姐さんだったら、客が来るの来ないので、ひとりやふたりは絶対に機嫌を傾けているだろうから。でも――

「いやだねえ、人間の小娘に頼ることなどありいせんよ。良からぬ客に食われぬように、隠れておいで」

この座敷の主も、これまでの花魁と同じく千早をごく軽やかにあしらった。異形のひとつ目であっても、笑いを含んでこちらを見る流し目は艶やかで、小娘の千早も思わずどきりとしてしまう。でも――今、何と言われただろう。

(あれ？　食われる、って……？)

何か、物騒なことを聞いた気もするけれど。ひとつ目の花魁の濡れた眼差しに当てられて何も問えないまま、千早はその座敷を辞した。

「花魁たちへの挨拶は、これで終わり？」

廊下に出ても、見世を開ける前の慌ただしい気配は変わらなかった。縁起物の料理や酒肴を載せた台の物を運ぶ若い衆に、三味線を抱えた新造が行き来する。人の――というか、あやかしの――流れを妨げることがないよう隅に寄りながら、千早は珊瑚と瑠璃に問うた。と、ふたりはまったく同じ速さで首を横に振る。

「葛葉姐さんと芝鶴姐さんがおりいす」

「おふたりは、月虹楼の御職の花魁なのでありんすよ」

「御職がふたり、いるの……？」

千早が問うと、黒と白、二対の三角の耳がぴんと立った。同時に、同じ色の長い尻尾も。猫が緊張を表す仕草を見せながら、可愛らしい禿たちは声を潜めた。

「あい。おふたりがおふたりとも、互いに決して譲りいせんで……」

「何しろ、それぞれ狐と狸のあやかしでありんすゆえ」

「ああ……」

犬猿の仲とは言わずとも、狐と狸は化ける獣の筆頭として張り合うものなのだろうか。

葛葉は、言わずと知れた陰陽師安倍晴明の母狐の名。芝鶴のほうは——有名な分福茶釜に登場する守鶴和尚と、芝居好きの芝右衛門狸を合わせたのだろうか。

いずれも高名なあやかしの名を負って恥じないあたり、さぞ美しい女たちなのだろう。

「ねえ……」

女同士の鞘当ての恐ろしさと、雅な名前の美しさ。その両方に溜息を吐きかけて——千早は、不穏なことに気付いてしまった。ぴくぴくと動く珊瑚と瑠璃の耳に口を寄せて、そっと囁く。

「御職の花魁には、真っ先に挨拶したほうが良かったんじゃないの？」

言った瞬間、ふたりの尻尾がぶわりと膨らんだ。千早の懸念は、どうやら当たってしまっていたようだ。

どれほど美しくても、花魁は――女というものは、自分とほかを比べずにはいられない。現世でもあやかしの世でも、それは変わらない業のようなものらしい。

「だ、だって」

「怖かったのでありんすもの」

ガマの穂のように膨らんだ二本の尻尾が、べしべしと千早の手を打った。珊瑚と瑠璃の怯えと混乱を、訴えるかのように。

「どちらを先にしても、もう片方の姐さんは必ずお怒りなさいんす」

「座敷から出てくださんしたら、成り行きでご挨拶できるやもと思っていたのに」

ついでや偶然を装って、挨拶することができたら、と。ずるずると後回しにするうちにここに至ってしまったらしい。

(ほかの人から聞いて、面白がって閉じ籠っているんじゃ……)

百戦錬磨の花魁というのは――怖いのだ。千早もよくよく知っている。禿や新入りを揶揄ったり試したりするのは常のこと。廓勤めの八つ当たりや憂さ晴らしでもあるいっぽうで、ある意味では貴重な教えとも言えるだろう。

だから、珊瑚と瑠璃も、叱られたり嫌みを言われたりするのは、勉強と思うべきなのかもしれない。見世の同輩もあしらえないようでは、先が思いやられるのだから。

でも――へちゃりと垂れて震える猫耳を見ていると、可哀想にも思えてしまう。

「じゃあ――おふたり同時に挨拶できるように、やってみようか？」

言いながら、千早はふたりの頭を順番にそっと撫でた。艶やかな髪も、柔らかな耳も、掌に伝わる感触はうっとりするほど気持ち良い。

「え……？」

思わず目を細めて笑った千早に、ふたりは大きな目をぱちぱちと瞬かせて首を傾げた。

「かようなこと、いかにして……？」

「葛葉姐さんと芝鶴姐さんが一緒に並ぶことなど――」

そう、確かに。

売れっ妓花魁というものは、禿や新造に傅かれて座敷を出る必要などほとんどない。新入りがどちらに先に挨拶するか、今は高みの見物を決め込んでいるところだろうし。

（よっぽどのことがなければ出てきてくれない、でしょうね）

廊下の隅に屈んだ千早たちの傍を、見世の者たちが足早に行き交っている。視界に落ちる影の中には、時々明らかに人でないものもある。

珊瑚と瑠璃のような獣の耳、ふさふさとした尻尾、鳥や蝙蝠の翼のような――顔を上げないほうが良い気がして、千早は禿たちと目を合わせることに集中した。

「うん、難しいとは思うんだけど――」

言いながら、腰を探って帯留めを外す。春が終わり、初夏に向かう季節に合わせた、藤の花のつまみ細工。小さな紫色の花を連ねて、歩くのにつれて揺れるように作ったもの。

(寿々お嬢様にもうひとつ、って言われてたなあ)

下働きの忙しさにかまけて、そのおねだりを叶えられないまま、飛び出してしまった。

小さな胸の痛みは押し込めて、千早は小さな飾りを珊瑚と瑠璃の目の前で揺らした。

「千早……?」

「何ぞ、それは……?」

挨拶の順番で不安に揺れて、今にも泣きそうだったふたりの目が、まん丸く見開かれて、藤の花の帯留めに吸い寄せられる。大きな瞳孔も、花房が揺れるのに合わせて左右する尻尾も、寿々お嬢様の愛猫、若菜にそっくりだった。

(あ、やっぱり猫なんだ……それも、まだまだ子供の……)

それなら、猫又扱いに憤るのも、毛並みの柔らかさも無理はない。

「うん、『よっぽどの騒ぎ』があれば花魁も出てきてくれるかなあ、って思って」

猫の遊び相手は、花蝶屋の仕事の中では一番楽しかったかもしれない。若菜を焦らせる技を思い出しながら、禿ふたりの目が爛々と輝いていくのを確かめながら、千早は廊下の人通りを見守った。

楽器を抱えていたり、酒や料理を運んでいたりする人通り——人ではないけれど——が途絶える瞬間を、待たなくては。

「よっぽど、とは？」

「妙案でもあるのかえ？」

揺れる藤の花房に目も意識も釘付けになって、瑠璃と珊瑚の問いかけも上の空だ。良い頃合いに仕上がっている。それに、あつらえたように、ちょうど廊下に人影はない。階段まで見通せるようになっている。

「それはね――」

（今！）

顔では意味ありげに笑い、心では気合を入れて叫ぶ。そして、清水の舞台から飛び降りる思いで、千早は藤の花の帯留めを放り投げた。

「にゃ？」

「うにゃっ」

瞬間、目の前をふた組の耳と尻尾が駆け抜けた。弧を描いて飛んだ帯留めを追って、珊瑚と瑠璃が跳躍したのだ。

獲物を狙う時、猫は余所ごとは目が入らなくなるもの。後先も考えずに飛び出せば――

月虹楼の建物が、揺れた。大勢の人、というかあやかしが行き来する賑やかさとはまったく別の、地震のような不意の揺れだ。帯留めを追って飛び出した珊瑚と瑠璃が、もつれあって廊下を滑り、その勢いのまま階段を転がり落ちたのだ。

「ど、どうした!?」

「瑠璃と珊瑚か！　何をやってる!?」

幸い、ふたりの下敷きになった人はいないようだった。器が壊れたり、花魁の着物や飾りが痛んだり、ということも。

ただ、とにかく音と振動がものすごかった。すわ何ごとかと、廓中の注目がこの場に集まりつつあった。ある意味では、千早の狙い通りでは、あるのだけれど。

（こ、ここまでの騒ぎになるなんて……）

震える千早の耳に、襖ががらりと開く音が届いた。それもふたつ、ほとんど同時に重なって。

次に、水晶の鈴を振ったらかくや、というような、鋭くも涼やかな、美しい女の声が。

「何の騒ぎだえ。騒々しい……！」

「見世が開く時だというに、不調法な」

最初の声はより冷ややかで、後の声は、より柔らかい。とはいえいずれ劣らぬ品と矜持を窺わせる凛とした声に、千早はその主たちを瞬時に悟った。

葛葉と芝鶴――この見世の、御職の花魁に違いない。

「珊瑚と、瑠璃かえ。相も変わらず遊んでばかりで――」

「あの、お騒がせして申し訳ございません！」

冷ややかなほうの声の主が、階段を見下ろそうと足を進める気配を感じて、千早はその場に平伏した。

艶やかに磨き上げられた床材も、さすがに花魁たちの姿を映すほどではない。彼女に見えるのは、小さく整った爪先と、ふたりの帯や仕掛が床に落とす色鮮やかな影だけだった。

千早を這いつくばらせたまま、花魁ふたりは顔を見合わせて微笑んだようだった。

「見ない顔だねえ。葛葉さんのお知り合い？」

「まさか。かように粗忽な小娘は、きっと狸の眷属でありんしょう」

おっとりとした声のほうが、狸の芝鶴花魁。棘のある声のほうが、狐の葛葉花魁らしい。

耳と頭に刻みながら、千早は額を床に擦り付けんばかりに頭を下げた。

「私、今日からこの見世にお世話になることになった、千早と申します。あの、御職の花魁にご挨拶しなければ、と思ったのですが、恐れ多くて迷っていたところで――そうしたら、あの子たちが……」

千早のお尻のほうから、珊瑚と瑠璃の高い声が聞こえてくる。といっても泣くのではなくて、いまだ興奮冷めやらぬ風のはしゃぎ声だ。

この見世の花魁なら、すべてを語らずとも察してくれるだろう。実際、千早の頭上に呆れたような溜息がふたつ、落ちる。それぞれとても良い香りで、酔ってしまいそうな――でも、同時にとても怖い気配もするような。

「ま。では、わっちらはちょうど良く現れたと、そう申すのでありんすなあ？」

「どちらに先に来るのか、楽しみにしていたというに。姑息な技を使ったこと」

御職を張るだけのことはあって、ふたりは千早の魂胆をあっさりと見抜いてみせた。珊瑚と瑠璃を騒がせて、天岩戸の逸話よろしく、隠れた御方をおびき出そう、という企みを。

これで、張り合う花魁ふたりを「同時に」呼び出すことに成功は、したけれど——

「まあまあ、葛葉さん。これはこれで良い趣向ではありいせんか？」

「……まあ、確かに。直に会って見比べれば、どちらが『上』かは間違えはしいせんな？」

こうなるのも、やはり道理ではあった。

くすくすと、愉しげに笑う声が、千早に顔を上げろと命じている。瑠璃と珊瑚が決められなかったのを、お前が肩代わりしてみせろ、という訳だ。

「それは、あの——」

千早が絶句したのは、時間稼ぎのためではなかった。

艶やかな声に抗えずに身体を起こすと、あまりに眩い絢爛さが彼女の目を射た。

葛葉花魁の仕掛は、紗綾を織り出した朱の綸子に金の刺繡で扇と吉祥の文様を描いた豪華極まりないもの。

並みの女なら色と模様の華やかさに「負ける」だろうけれど、この女は違う。

涼やかな目は、整った顔立ちの中、眦を染める紅によってひと際鮮烈な輝きを放つ。通った鼻筋に、花びらのような唇は、花に喩えれば大輪の薔薇か牡丹——そんな、力強く華やかな美しさ。元禄風に髱を大きく取った勝山髷は、とはいえ古臭い印象はまったくなく、大名も相手にしたという時代の太夫を思わせる品格を漂わせている。

いっぽうの芝鶴花魁が纏うのは、銀通しの花浅葱の生地に、杜若と八橋を配した涼しげな仕掛。

みどりの黒髪も、重々しく結い上げてはいない。師宣の見返り美人さながらに、後ろ髪を玉結びにして無造作に鼈甲の簪を挿している。湯上りの時のように飾らずさりげない、瑞々しい色香を醸す趣向なのだろう。

おっとりと微笑む、やや垂れた目尻を彩る泣き黒子がまた艶っぽくて、露に濡れる木蓮や梔子を思わせる、しっとりと匂い立つような美女だった。

このふたりを前にして、どちらがより美しいかなんて、言えるはずがない。

どちらも、千早がこれまでに見たどの娼妓よりもずっとずっと綺麗だから。しかも、ふたりの美しさはまったく種類が違うのだから。

（どちらも……そう言ったら、どうなるかしら……？）

葛葉花魁も芝鶴花魁も、そんな答えで納得するはずがない。喜んでどこがどう、どれだけと、問い詰められるのが目に見えている。千早の拙い誉め言葉で、ふたりを満足させることができるだろうか。口の中が干上がって、舌が顎の裏に張り付いて。息苦しささえ感じるようになった時――ふわ、と良い香りが辺りに漂った。

「梅と桜、牡丹と芍薬、いずれがいずれに勝るかなど、語ったところで無駄だろう。うちの『花』は、どれも劣らず美しく芳しいのだからな」

千早が考えた通りのことを語る、低く、胸の底をくすぐるような柔らかな声――その主は、朔だった。花魁たちに比べればずっと地味な装いなのに、それでも匂い立つ色香にあてられてしまいそう。髪と着物を乱した瑠璃と珊瑚が狛犬のように左右に控えているのも、まるで往時の花魁道中のよう。花魁が戯れに男装したらかくや、の艶姿だった。

「あら、楼主様……！」

「もう、また狡く逃げるのでござんすね」

さやさやと、実に優雅な衣擦れの音が、千早の左右を通って行った。葛葉と芝鶴が、楼主である朔のもとへ擦り寄っていったのだ。

「珊瑚と瑠璃がどうするのか、ふと気になったところにあの音だ。驚いたが――機転を利かせたようだな」

「いえ……そんな、たまたまで」

もちろん、禿たちが偶然、そして突然飛び出して階段を落ちた、なんてあり得ないのだけれど。本当のことは、楼主と花魁たちの前で言ってはならない。ふたりに序列をつけずに切り抜けるためにしたことだ、なんて。わざわざ口に出すことではないのだから。

千早はたまたま帯留めを放ってしまって、それがたまたま「子猫」たちの気を惹いてしまった、そういうことにしておかなくては。花蝶屋にいた時も、喧嘩をしている姐さんたちの間に猫の若菜を放ったり、ものを壊して泣きそうな半玉を庇うため、若菜に罪を被ってもらったりしていたから。そこから、思いついたことだった。

（だって、猫は可愛いから……叱られないし。叱られるなら、私になるし）

たぶん、朔には千早の魂胆などお見通しなのだろう。

禿と花魁を従えた美貌の楼主は、一幅の絵のように見事に様になっていて、気圧されてしまう。思わず目を伏せた彼女の耳に、くすり、と笑う吐息が届いた。

「何も考えずに生きてきたという割に、遣り手だな」

「それは自分のことというか――ええと、これでも、廓育ちなので。姐さんを立てるのも小さい子を庇うのも当たり前、というか」

やはりあえての策だったのだ、と。白状する形になって、千早はますます顔が上げられない。鼻をくすぐる良い香りがしたことで、辛うじて朔が首を巡らせたことが分かる。

「縁とゆえあってしばらくいてもらうことにしたのだが――」

朔は、彼の左右を固める葛葉と芝鶴に、かわるがわる告げたようだった。

「この調子なら心配無用だな。禿の教育にもなりそうだし——花魁はどう思う？」

問いかけに応えて、水晶の鈴を振るような淑やかで華やかな笑い声を立てたのは、芝鶴花魁のほうだった。

「わっちは、楼主様のお考えには否やはございいせんよ」

「それは、良かった。葛葉は？」

千早がやっと、そして恐る恐る顔を上げると、芝鶴花魁は蕩けるような笑顔で朔にしなだれかかっていた。いっぽうの葛葉花魁は、紅く染めた眦を吊り上げて、同輩を睨めつける。

「この狸めは、愛想ばかり振り撒いて……！」

そういう彼女の繊手も、しっかりと朔の腕を捕えているのだけれど。もちろん千早にそれを指摘する勇気などなく、葛葉の鋭い目が禿を貫くのを見守るばかり。

「子猫どもも、甘やかすばかりで。お陰でいつまで経っても聞き分けのないこと。座敷なんぞ出せやしいせん」

「ね、姐さん……」

白黒の三角の猫耳が、へちゃりと垂れた。着物の裾から覗いた尻尾も、同様に。

遊郭の倣いも客や姐分のあしらいも、多かれ少なかれ叱られて覚えるものだ。御職の花魁ともなればその言うことは「絶対」で、無作法な禿に罰を与えるのだって当然のこと。

でも、少なくともさっきのことは千早に責がある。

「あの――」

禿たちを庇おうと腰を上げた瞬間――葛葉の涼やかな目が、ひたと千早を捉えた。

御職の花魁の、凄(すご)みと色気がふんだんに乗った眼差(まなざ)しに、千早は半端な体勢で固まった。

自身の美貌の威力を確かめてか、葛葉は艶やかな唇を、にい、と笑ませた。客を焦がれさせ身代を傾けさせる、値千金の微笑が、惜しげもなく貧相な小娘に向けられている。

「この、怠け者の子猫どもに、叱らずとも手管を教えられるなら――人の小娘にも能があるやもしれえせん。お手並み拝見と、構えることといたしんしょう」

どこか含みのある言葉が怖くて、それに葛葉の美貌に圧倒されて。身動きひとつ取れないでいる千早に、朔はすいと足を進めた。常に裸足(はだし)の花魁と違って、楼主は足袋を穿(は)いている。その白さが、目に染みる、と――余計なことを考えていると、朔が膝をついて千早に目線を合わせた。綺麗な人の、悪戯(いたずら)に微笑む目が、とても近い。

「禿の躾(しつけ)に期待している――歓迎すると、葛葉はそう言いたいようだ」

黒曜石の目の煌(きら)めきに見蕩(みと)れてしまって、何を言われたか呑(の)み込むのに、たっぷり数秒はかかっただろう。

(怒られない……受け入れて、くれた……!?)

理解して、安堵(あんど)と喜びが込み上げるまでに、さらにまた何秒か。察しの悪さに葛葉が顔を顰める気配を感じて、千早は慌ててその場に手をついた。

「え、えっと……恐れ入ります……？　いえ、あの。ありがとうございます！」

「千早ぁ！」

もう少し、口上を述べようとしたのだけれど。平伏した背中に小さな衝撃がふたつ、襲って千早は息を詰まらせた。瑠璃と珊瑚が、飛びついてきたのだ。

「ありがとう、ござりんした」

「見事なお手並みでありんしたなあ」

見事、というのは、花魁たちを引っ張り出したことに対してなのか、それとも帯留めを振って猫の本能を掻き立てる技に対してなのか——禿たちのきらきらとした目からは、どちらともつかない。

もう少し千早にじゃれつこうとするふたりを、葛葉花魁が呆れ声で窘める。

「油を売っているでないよ。はよう、来なんし」

「あい、姐さん！」

先ほどまでしょげていたのはどこへやら、白黒の耳と尻尾が勢いよくぴんと立って、姐花魁のもとへ駆けていく。

「新入りに、月虹楼の夜見世を見せてやらねばなりいせんからなあ」

「酒に拠らずとも、裏で見ているだけでも——夢見心地にさせてやりんしょう」

葛葉花魁と芝鶴花魁。月虹楼の御職を張るというふたりは、惜しみない笑みを千早に見せてくれた。誇らしく、美しく、艶やかな——その表情を見るだけで、彼女たちが月虹楼に抱く矜持(きょうじ)のほどが知れる。必ず客を酔わせ虜(とりこ)にするのだという、絶対の自信が。

人間離れした——というか、文字通り人間ではない花魁たちに、禿に番頭、そしてたぶん、楼主も。あやかしが集う、不可思議だけれど美しく華やかな遊郭。

千早は、当分はここで過ごすことになるのだ。

三章　月虹楼の馴染みたち

月虹楼の軒先を掃いていた千早の手元に、ふと、暗く影が落ちた。

現世――人の世とあやかしの世の狭間に揺蕩うこの見世には、浅草寺の鐘の音も角海老楼の大時計の音も聞こえない。それでも陽が沈み切るにはまだ早い時間だというのに不思議なことだ。

でも、あいにくというか何というか、千早はとうに不思議には慣れていた。傾く太陽を遮る巨大な影の心当たりも、ちゃんとある。

千早は箒を持った手を止めて、顔を上げた。

首が痛くなるほど、顎の先が真正面を向くほど目線を上げて、やっと視界に入る高さに、浅草寺の仁王像もかくやのぎょろりとした目が鎮座している。

凌雲閣とは言わずとも、角海老楼くらいは軽く見下ろせるのではないかという背丈のその客は、墨色の袈裟を纏っていた。現世ならさすがに堂々と妓楼を訪れることはない僧侶の姿だった。だからやはり、ここは人の世界ではないのだ。

「千早あ。今日も精が出るなあ」

「央善様、今夜はお早いですね」

地を這う低い声がお腹に響くのを感じながら、千早は額に手をかざしてその客――央善和尚に挨拶した。

このお客も、もちろん人ではなくあやかしだ。ものの本では、大入道とか、見越し入道とか呼ばれていて、夜道に現れては巨体で人を脅かすということになっている。人を食い殺すと言われることもあるのだけれど、千早が見た限り央善和尚は陽気で気前の良い上客だった。あやかしの世に紛れ込んだ人間で、姐さんたちに比べれば見た目も冴えない芸もない彼女にも、気さくに接してくれるくらいに。

「宵も早いうちから起きられるのはお前のお陰よ。――ほら、西洋の菓子をやろう」

「あ、ありがとうございます……？」

央善和尚は、見上げるほどの巨体をひょいと屈めて、丸太のような指先で摘まんだ「何か」を千早の手に握らせてくれた。英字が印刷された小さな紙の箱に、外国の子供と犬が遊ぶ絵が精緻に描かれている。

外箱だけでもうっとりするほど綺麗なのに、甘いお菓子が入っているだなんて。

小箱をそっと振ってみると、微かに軽い音がする。クッキーだろうか、キャンディだろうか。寿々お嬢様のご相伴でごくたまに口にすることができた、魅惑の味が舌に蘇る。

ごくりと唾を呑み込んだ千早の意地汚さを見下ろして、央善和尚はからからと笑った。

山のような巨体から発せられる笑い声で、月虹楼の暖簾がゆらゆら揺れる。

「そこで驚かせた奴が落としていってなあ。女に貢ぐつもりだったろうに、ありゃあ怒られるな」

「それは……お気の毒でしたね」

忍び寄りつつ薄闇の中、ぬっと現れた大男に腰を抜かす人のことを思って、千早は悪いとは思いつつ笑ってしまう。

人の世の吉原が今、どうなっているかは「こちら」にいると分からないのだけれど。夜が暗い徳川の御代に返ったように、モノノケの噂が騒がせているのかもしれない。

と、月虹楼の店の中から華やかな声が上がった。

「あらま、入道様、早くお上がりなんせ」

「芝鶴姐さんがわっちよりも首を長うしておりいすよ」

「おお、そうかそうか」

央善和尚は、狸の芝鶴姐さんのお客なのだ。

ろくろ首の姐さんが、文字通りに首を伸ばして和尚の腕に絡みつくと、見上げるほどだった体軀がするすると縮んで、どうにか月虹楼の暖簾を潜れるくらいになる。

どういう仕掛けかは分からないけれど、あやかしは姿が決まっていない……らしい。庭での月見の席なんかでは、和尚は元の大きさのままで、姐さんが肩に乗って耳元で歌ったりするらしい。

それはきっと、浮世絵さながらに荒唐無稽で奇っ怪で、けれど夢のような素敵な光景だ。

でも、今の千早が美しい幻想に浸ることはできなかった。上機嫌で階段を上っていった央善和尚と入れ違いで、小柄な影が店の奥から出てきて、そっと千早の袖を引いた。

「千早、掃除はもう良いから早くお入り。客人がたが来られるころじゃ」

「白糸さん――はい、ただ今」

千早の立場は居候兼雑用係で、妓楼として客の前に出せる存在ではないのだ。

たまたま顔を合わせる機会があった和尚や、ほかの何人かのあやかしの客は、面白がって構ってくれるけれど、ずるずると甘える訳にもいかない。けじめをつけなくては、千早を受け入れてくれた朔にも、申し訳が立たないというものだ。

箒とちりとりを抱えた千早の背に、月虹楼の前で足を止めたらしい者たちの声が届いた。

「あれ、こんなところにこんな見世があったかなあ」

「新しくできたんじゃないのか」

書生風の、若々しい声だ。吉原で遊び慣れていないから月虹楼の風情ある見世構えにも気付かないのか、気後れしたり揚げ代を気にしたりする様子もない。

人目を憚らぬ若者たちは、話し声も大きかった。

「花蝶屋の下新造はまだ見つからないんだな」

「明治の御代に神隠しか。もう二十世紀になるんだろうに」

「神隠しな訳ないだろう。人さらいか駆け落ちだ」

「ああ、その辺に隠れていないかなあ。仕送りを擦っちまってさあ」

「懸賞金をかけるくらいだからよっぽどの美人なんだろうな」

好き勝手言い合う彼らの声に振り向かぬよう、肩が跳ねてしまったのに気付かれぬよう。

千早は必死に息と足音を殺した。

(大丈夫……本当の私は美人なんかじゃないし……)

世の境目を越えたところとはいえ、吉原にとどまっているなんて、誰も想像だにしていないはず。だから大丈夫だと、自分に必死に言い聞かせる。でも――

(懸賞金って!? 私はそんなに高く売れる予定だったの……!?)

やっぱり、あやかしよりも人間のほうが恐ろしい。絶対に見つかってはならないと、決意を新たにしながら、千早は月虹楼の一階奥、使用人のための区域に逃げ込んだ。

＊　＊　＊

「千早は、筋が良いねえ」

「うんうん。もう目が揃（そろ）っている」

千早の手元を覗き込んで、白糸と織衣が目を細めた。地味な色味の小袖に、きっちりとした島田髷の「お堅い」装いながら、いずれも品良く艶のある佇まいのこのふたりは、月虹楼の「お針」だ。花魁たちは裁縫などしないから、季節に合わせての仕掛の仕立て直しや、下着の繕いは彼女たちの仕事になる。

ほかにも、料理番や風呂番、力仕事を担当する若い衆がいるのは人の世の妓楼と変わらない。違いと言えば、月虹楼は世の狭間で客を待つから、客引きがいないことくらいだ。

「いえ……私なんて、まだまだ手が遅くて」

千早が雑巾一枚を縫う間に、白糸と織衣は次々に繕い物を片付けている。

雑巾なら何枚あっても良いから、とは言われているけれど、切った布を真っ直ぐ縫うだけで得意になっていて良いとは思えなかった。

花蝶屋では手遊びにつまみ細工を拵えることもあったけれど、あれは時間と根気さえあればそれなりの出来になるものだし、針と糸も使わないから話が違う。

（こんなことで、私、外で生きていけるのかなあ）

掃除くらいは、花蝶屋でもまあやっていたけれど。

炊事も裁縫も、手伝ってみると驚くほど気を配ることが多くて頭がはち切れそうになる。手伝っているのか、本職たちの邪魔をしているのか分からなくなるくらいだった。

しかも、この見世の者たちはみな、自分の持ち場にこの上ない誇りを抱いているようだ。

半端な思いで手伝うのは失礼ではないのかどうか——千早には、分からないことばかりだ。

(ひと通りの家事ができれば、どこかで女中として雇ってもらえるかしら)

情けないほどふんわりとした展望だけど、それでも花蝶屋に残って売られるよりは、自分の意思で行動しているだけだいぶマシなのではないかと思う。たぶん。

「そうは言っても、瑠璃と珊瑚は糸にじゃれつくばかりで裁縫なんぞしやせんし」

「葛葉姐さんは面倒じゃと放り投げるばかりでなあ」

いかにも目に浮かぶ光景だった。白糸と織衣は嘆かわしげに顔を見合わせて整った眉を寄せているけれど、千早の口元は思わず緩んでしまう。

「戀という字にはふたつも糸が入っているというのに」

「縁にも通じるし、のう。廓の者が糸を疎かにするのはいかがなものか」

溜息を交わしながらもふたりの手が止まることはまったくなくて、しかもその動きの流麗なこと、ただの並縫いをしているだけでも上手の踊りを見ているようだ。縫い目も、ミシンとやらを使ったように整然としている。

「おふたりは、お裁縫が好きなんですね……」

ひとつの芸になるのではないか、というほど素早く正確な針の運びに見蕩れながら呟くと、白糸と織衣は顔を見合わせてくすくすと笑った。

「それは、もう」

「あたしは蜘蛛で、織衣は蚕のあやかしだもの」

「え？」

目を丸くした千早に、手ぶりで続けるように促して、ふたりはにこやかに頷き合った。

「糸を吐くのは羽虫を捕えるためだとばかり思うていたのに。武蔵野の農家で屋根からぶら下がりながら、人はおもしろいことをすると眺めたものよ」

「あたしなんかはきょうだいみんなで煮られたのよ。なんで、どうしてって思ったけれど──あたしは、綺麗なものを作っていたのねえ」

絹の生地を撫でて呟く織衣の眼差しは妖しくて、思わずどきりとしてしまう。でも、その内容は恐ろしい。あやかしの見世に来て初めて、恐怖を感じたかもしれない。

花魁のように装ってはいなくても、とても綺麗なふたりが虫の化身だということも。絹糸を取るために蚕の蛹を煮殺す人間の所業も。

何を言ったら良いか分からなくて、今度こそ千早は手を止めてしまった。顔色も青褪めているだろうに、白糸も織衣もにこにこと微笑んでいる。

「あやかしは、人の真似事ばかりよ。この見世だって、そう」

「人は思いもよらないことをするから──あんたはどうなるのか、楽しみねえ」

「わ、私──」

相槌だけでも打たなければと、どうにか口を開いた時──二階から、「何か」が転がり落ちる音と振動が響いた。同時に、凜と澄んだ、けれど不機嫌に尖った女の声が。

「二度とその顔をわっちにお見せでないよっ！　瑠璃、珊瑚、塩を撒いておやり！」

「く、葛葉、そう怒るなよ。綺麗な顔が台無しだ——」

「お黙り！　耳が腐る！」

この前、瑠璃と珊瑚がふたりして飛び降りた時よりもずっと重くて大きな音だった。階段の下から聞こえた苦しげな声は、男の人のもの。となると、事態はおのずと知れる。

（葛葉姐さんがお客を突き落とした……!?）

千早は、白糸と織衣と目を見交わすと、針と布をひとまず置いて、階段のほうへ向かった。騒動は見世中に轟いたのだろう、あちこちから襖が開く音と人の声が聞こえてくる。

「塩じゃ、塩じゃ」

「早う、分けておくれ」

千早の目の前を、瑠璃と珊瑚の稚児髷が駆け抜けていく。葛葉の命令を律儀に遂行すべく、厨に急いでいるようだ。

そして階段の下では、洋装の紳士がしきりに腰をさすっている。その人（？）が、塩を撒かれようとしている葛葉の客なのだろう。

（お怪我はないかしら……あ、でも、助けたら姐さんが怒るのかしら）

酔客のいざこざならともかく、花魁が客を叩き出すなど月虹楼に来てからは初めてのことだった。何をすべきか、見て見ぬふりを貫くべきなのか——おろおろと、意味もなく左右を見渡す千早を余所に、白糸と織衣はあっさりとしている。

「里見様じゃ。お狐の——葛葉姐さんの同胞なのだけど」

「なあに、毎度のことよ。犬も食わない痴話喧嘩じゃ」

「そ、そうなんですか……？」

言われてみれば、里見なる紳士は確かに吊り上がった細い目をしていて、狐の化身と言われれば頷ける。

でも、それはそれとして、葛葉を怒らせるなんて良い度胸だ。綺麗なだけでなく、とても怖い人でもあるのに。同族ならではの気安さでもあるのかどうか。と、そんなことを考えていると、視線を感じたのか里見は千早たちのほうへ顔を向けた。

「——おい、内所に帽子と洋套を預けてるんだが。この格好で追い出したりはしないよな？」

「はいはい、ただいま」

拝む手ぶりの里見に応じて、白糸がくすくすと笑うと内所へと足を向けた。頼まれた通り、洋套を持ってくるのだろう。

いっぽうの里見はあちこちさすりながらこちらに近づいて来る。どうやら、彼も馴染みの客だけに、下働きとも顔見知りらしい。織衣が里見にかける声も向ける眼差しも、ごく気安いものだった。

「災難でございましたなあ、里見様。芝鶴姐さんに央善和尚がお出でで賑やかだから、葛葉姐さんも虫の居どころが悪かったのやも」

「そうかもな。いや、仕掛なんぞ古臭い、洋風のドレスでも来てみたらどうだ、って言っただけなんだがね」

里見が肩を竦めたちょうどその時、山盛りの塩を盛った茶碗を抱えた瑠璃と珊瑚が戻ってきた。小さい手に塩を握りしめて、里見に思い切り投げつける。

「葛葉姐さんの命令じゃ」

「恨まないでおくんなんし」

えい、えい、という掛け声と、ぱらぱらという音と共に、里見の黒い洋装に雪のような白い塩が点々と落ちる。当然、床にも零れるのを見て取って、織衣が盛大に顔を顰めた。

「ああもう、後先考えずに——誰が掃除をすると思うている」

「あ、それは私が——」

客や花魁が足の裏を汚しては一大事と、千早は箒とちりとりを取りに身体を翻しかけた。けれど——里見に、腕を捕えられた。織衣が、瑠璃と珊瑚に気を取られて下を向いている隙に、見世の喧騒に紛れる囁き声が千早の耳に忍び寄る。

「君、花蝶屋の千早だろ？　神隠しに遭ったって評判の」

違います、と咄嗟に言えなかったのは、たぶん大失敗だった。ううん、何を言っても、千早の顔色が答えを物語ってしまっていただろうか。

息を呑んで立ち竦む千早を、里見はうんうんと頷いて見下ろした。

「いや、月虹楼に人間の新入りが来たっていうから、もしやと思ったんだが。本当に神隠しに遭ってるとはねえ」

「な、何をしようっていうんですか……」

にんまりと笑う里見の目は、糸のように細くなっている。

笑顔でも、細面の整った顔でも油断できないと思ってしまうのは、狐のあやかしだと聞かされたからだろうか。洋装といい、言葉の内容といい、あやかしというより人間みたい、と思ってしまうからだろうか。

今の千早は、もう人よりもあやかしのほうを信じるようになっているようだ。これ以上は関わり合いにならないように、距離を取ろうと、したのだけれど——

「寿々お嬢さんが君のことを心配してるよ」

「え——」

思いがけない名を聞いて、千早はまじまじと里見の胡散臭い顔を見つめた。

吉原の噂に耳を傾けていれば、千早の存在を知っているのはあり得るだろう。先ほどの書生たちのように、彼女の行方や懸賞金とやらが好奇心の的になるのは、理解できる。

（でも、お嬢様のことを知ってるなんて……!?）

良くないことだと思うのに。千早の足は、じわりと里見に近づいてしまう。

彼女を逃がしたりして、寿々お嬢様こそ叱られてはいないのか。花蝶屋は、どうなっているのか。勢い込んで、尋ねそうになってしまう。

――そうしなかったのは、千早に理性があったからでは、なかった。

「ささ、里見様。預かりものをお持ちしましたよ」

「葛葉花魁がすみませんねえ。これに懲りずに、何卒――」

千早と里見の間に割って入るように、黒い洋套を広げた白糸に、番頭の四郎までが帽子を捧げ持って駆けつけてきたのだ。

花魁の高慢や我が儘の尻ぬぐいも見世の者の役目のうちだから、機嫌を取りに、ということだろう。膝立ちで歩いているのでは、と思うほど四郎の頭の位置は低かった。

「構わんさ。気の強いところも好きで通ってるんだから。また忘れたころに機嫌を窺おう」

鷹揚に頷く里見の姿は、大見世の上客に相応しいものではあった。

おおらかで、見世の者に当たるでもなく、花魁を立てて――それが狐の化けの皮に過ぎないのかどうかは、千早の目では見抜くことができない。

棒立ちになった千早に流し目をくれて、里見はにい、と笑った。

口の端が耳元まで大きく裂けた気がして、千早は小さく飛び跳ねる。端整な里見の顔が、一瞬だけ獣(けだもの)じみた獰猛(どうもう)さを覗(のぞ)かせたから。

「私はあやかしだからね。人の金には興味はない。だが、たまには人助けをしようって気になることもある。葛葉への土産話になるかもしれないし――」

洋套を、蝙蝠(コウモリ)のように翻して羽織りながら、里見はまた千早の耳元に口を寄せた。

「明日、月が沈むころに見世の前へ出ておいで。寿々お嬢さんに会わせてあげよう」

そして、千早の答えを聞く前に、彼はもう背を見せていた。

漆黒の洋套の広がり方は、彼の自信を示すようで――彼女は言われた通りにすると、里見は確信しているかのようだった。

＊＊＊

央善和尚がくれた西洋菓子は、キャラメル、と言うのだそうだった。客からもらったことがあるという姐さんが教えてくれた。

さいころのように四角く切って、ひとつひとつを紙で包んである。ふつうの飴(あめ)よりも柔らかく、少し焦がしたような甘い香りが香ばしく、口に入れると乳脂(クリーム)の濃厚な味わいが広がって、口から自然と溜息がこぼれる。

「甘いのう」

「美味じゃのう」

ふた粒ずつを瑠璃と珊瑚に分けると、ひと粒を口に入れ、もうひと粒を胸に抱えて畳の上でころんころんと転がっている。

またたびを嗅いだ本物の猫もかくや、の蕩けようだった。着付けや髷が崩れないかひやひやさせられるけれど、悶えるほどの美味しさなのは、千早にもよく分かる。

「少しだけ、外すけど——あの、ほかの人たちには黙っていてね？」

もらいものの菓子で口止めするのは、いかがなものだろう。というか、そもそもこのふたりに後を任せて大丈夫なのかどうか——はなはだ、心許ないのだけれど。でも、千早にはほかの手段を思いつくことができなかった。

『『きゃらめる』の恩じゃ。いたし方ないの」

「姐さんがたにはわっちらが上手く言うてやろう！」

「ありがとう……ごめんなさい。すぐに戻るから」

千早は、里見という狐の客の誘いに乗ることにしたのだ。眠ることもできずひと晩考え抜いて。見世の手伝いに働く傍らも、頭の片隅で悩み続けてそう決めた。

（あの人はお嬢様を知っていたようだもの。どこかで知り合ったのかもしれないし……）

寿々お嬢様に手紙のひとつも書けていないのが、ずっと気に懸かってはいたのだ。

何しろ月虹楼には郵便箱なんてないし、人伝てに頼むにしても、人の世とあやかしの世をどう行き来して良いのかも分からない。人の客は、どうやら吉原をそぞろ歩くうちにこの見世に辿り着くようだけど、一度出た者が気軽に戻って来られるのかどうか。

（あやかしの人なら大丈夫、なのよね……？　たぶん……）

里見は洋装だったし、近ごろの人の世にも慣れていそうだった。もしかすると、世間知らずの千早よりも、ずっと。

（まずは帰れるかどうかを確かめてからよ。帰りも送ってもらえると言ってくれなきゃ、ついて行ったりしないんだから）

　自分に言い聞かせながら、千早はできるだけそっと、月虹楼の暖簾を潜って外に出た。

　今日の夜は、満月から何日か過ぎて少し痩せた寝待月、月が出るのは、夜の宴が賑わうさ中のころだ。抜け出しても気付かれにくい時刻ではあって、里見はそこも承知の上で誘ったのだろう。

　毎夜変わらぬ宴の喧騒を背に外に出ると、急に闇と沈黙に包まれた気分がした。

　吉原を歩く人もあやかしも、今宵の敵娼は決めた後なのか、見渡す限りに誰もいなくて。黒い夜空には星が散らばるだけ、物心ついた時から見慣れた吉原の妓楼の屋根屋根も闇の——あるいは界の狭間に沈んで見えない。

闇に圧倒されていると、右側を少し欠けさせた月が、いつの間にか夜空に姿を見せていた。約束の時間だ。

（あの人は……？）

心細い思いで千早がきょろきょろとしていると、ふいに、闇の一角から人の姿が浮かび上がった。糸のように細く笑う目、猷めいて裂けたように笑う口——里見だ。

「やあ、こんばんは。来てくれたんだね」

彼は今宵も洋装だった。

細かな格子柄の上下に、昨日と同じらしい黒の洋套と山高帽。手にはステッキまで持って、足もとには磨かれた革靴が月の光に煌めいている。

たぶん、洒落者なのだろう。吉原よりも、横浜あたりの居留地を闊歩しているほうが似合いそうな。

「さあ、行こうか」

挨拶もそこそこに、里見はステッキを持っていないほうの手で千早の手を取った。つられて踏み出しかけた足を必死に踏ん張って、千早は用意していたことを訴える。

「あ、あの……っ。私は、お嬢様にご挨拶したいだけで——ここに、また戻れるんです、よね……？」

「もちろんだとも。ずいぶん急に逃げ出したんだって？　色々心残りもあったろうねえ」

同情するように眉を下げながら、里見は大股で歩き出している。手はもちろん千早から離していないから、否応なく、一歩、二歩と月虹楼から遠ざかってしまう。

「はい……そう、なんですけど」

如才ない語り口に、どうにも良いように転がされている気がしてならなかった。でも、にこやかな笑顔を向けてくる相手に、これ以上どう食い下がれば良いか分からない。会ってたったの二度目だし、隙のない洋装は何だか怖いし。

「私は月虹楼の馴染みなんだよ。葛葉ともご楼主とも古い付き合いでねえ。道に迷ったりしないから――おいで」

「……はい」

渋々と頷いて、千早は里見に手を引かれたまま、歩き出した。全身の神経を尖らせながらの深夜の道行きだったけれど――やがて、辺りの情景にも変化が表れた。

「あ、凌雲閣……」

夜空を切り取る漆黒の巨塔の影は、現世のものに間違いなかった。思わず呟くと、里見が振り返って、笑う。

「ほら、見慣れた場所だろう。花蝶屋もすぐそこだ」

確かに、千早は今や人の世の吉原にいた。四方から三味線の音や唄声や怒鳴り声、千早が聞いたことがない潮騒のようだという、大勢の人間が笑いはしゃぎ、時に叫ぶ声が聞こえてくる。

空に見える星が減ったように思えるのは、地上の灯りが増えたからだ。

吉原の夜の眩さは、月も星も覆い隠してしまうのだ。月虹楼を取り囲む静寂にすっかり慣れていたから、この明るく賑やかな夜は懐かしいほどだ。

でも——千早は、ぴたりと足を止めた。里見は、彼女の手を引いて大股に歩き続けていたから、腕がぴんと張って、痛いけれど。身体を斜めにして足を踏ん張って、これ以上動くことを、拒む。

「……違う。花蝶屋の方向じゃない」

「君の知らない裏道もある。籠の鳥の身の上だったんだろう?」

里見の口調は、まだ優しげだった。でも、声と表情には明らかに苛立ちが滲んでいる。

(馬鹿にしているんだわ。何も知らないと思って……!)

世間知らずの籠の鳥でも、あるいはだからこそ。籠の中のことなら自分の手足の黒子のように、どこに何があるかを分かっている。

ひと際明るく賑わっているのは、大見世が立ち並ぶ吉原の中心、仲の町通り。

そして、千早たちが今いるのはたぶん揚屋町のあたりだろう。周囲の建物は闇に沈んで、窓や戸口も閉ざされている。吉原の夜にあって暗く静かなのは、妓楼ではなく商店が集まる一角に違いないから。

(ここから花蝶屋に行くには、仲の町通りを横切らなければならないでしょう……!?)

なのに、里見は、明るさから遠ざかるほうに千早を引っ張っていた。

「絶対違います。どこに行こうとしているの!?」

声も手足も震えそうになるのを堪えて、精いっぱい、里見を睨む。お嬢様の名前に釣られてのこのこと出てきた、自分の馬鹿さ加減に泣きたくなるのを押し隠して。

(助けて、って……願ったら、また来てくれる……?)

駄目だ。居候に毛が生えたていどの雑用係の分際で、楼主に助けてもらおうだなんて。

目蓋に浮かんだ朔の綺麗な顔を振り払って、千早は里見の手に思い切り爪を立てた。

すると、指先に人の皮膚ではない、毛皮の感触を感じて息を呑む。

闇の中で目を凝らせば、里見の手には薄茶色の短い毛がびっしりと生えていた。爪も、人間のそれではなく鋭く尖っている。

(獣……!?)

あやかしの本性を垣間見て千早が怯んだ隙に、里見は半人半獣の手で彼女の腕を強く掴んだ。鋭い爪が着物を貫き、皮膚に刺さる痛みに悲鳴を——上げることはできなかった。毛だらけの手が、千早の口を塞いだから。

「良いから来いよ。声を上げるか? 人が来て困るのはあんたのほうだろう?」

千早を間近に見下ろすぎらぎらとした目は、金色。瞳孔は、猫のように縦に裂けている。弧を描く口元からは牙が覗いていて。言葉以上に雄弁に、黙れと脅してくる。

「あんたにとっても悪い話じゃないんだ。いずれ俺に感謝する」

「そん、な——」

言い捨てて歩き始めた里見の横顔は、人間の紳士に戻っていた。でも、きっと手は獣の鉤爪を残したままなのだろう。千早の腕にがっちりと食い込んだ彼の指は枷のようで、振り払えそうにない。声を上げることも、できない。里見の言った通り、千早を狙う者を呼び寄せてしまうだけだ。

闇の中に引きずられていくしかないのだと、千早の心も昏い淵に沈みかけていた。明るさに背を向けているからだけでなく、目の前が真っ暗になるような。

と、底の知れない闇の中に、ちらりと銀色の光が煌めいた、気がした。本当のところ、それは目ではなく耳で感じた光明だったのだけれど。

銀の鈴を振るような、新雪を花と散らせる風のような、涼やかな声が、千早の背中から聞こえたのだ。

「——見世の者を拐かすのは止めてもらおうか」

まさか、と思った。助けて欲しいなんて、願ってはいけないと思ったばかりだったのに。しかも、見世の者だなんて、迷い込んだ人間の娘を、そう呼んでくれるなんて。あやかしの遊郭の楼主である、とても綺麗なあの人が。

「ああ……お早いお出ましで」

里見の不機嫌そうな声が聞こえた、と思った瞬間、千早の視界がぐらりと揺れた。お腹（なか）に感じる苦しさは、里見の腕が彼女の胴にしっかりと回っているからだった。狐（きつね）のあやかしは、目にも止まらぬ速さで、千早を抱え込みながら飛び退（すさ）って「追手」に対峙（たいじ）したのだ。

そう気付いたのは、里見が投げ捨てたステッキが地面に落ちるからり、という音を聞いてから。そして、闇の中にも浮かび上がる朔の白い綺麗な顔が、見たこともないほど怖い表情を浮かべているのが目に入ってからだった。

（怒られる……!?）

勝手に見世を抜け出した。仕事を怠けて、挙句の果てに攫（さら）われて、楼主の手を煩わせることになった。

どれも、千早の常識では折檻（せっかん）される理由に十分だ。花蝶屋の楼主の怒りで赤く染まった顔や、振り上げられた手が見える気がして、思わずぎゅっと目を瞑（つぶ）るけれど――

「お宅様の見世の者に手を出したりはしませんよ。葛葉だって、ずっと口説くだけで我慢してるんだ。だけどこの娘は、人間でしょう？　人の世の商売には口出ししないのがお宅様の流儀、ですよねえ？」

里見の声は悪びれず、飄々（ひょうひょう）としていた。まんまと騙（だま）された身で言うのもなんだけれど、人さらいの癖によくもまあこんなに堂々としていられるものだ。

朔も同じように感じたのだろうか、低く小さく、唸（うな）るような声が聞こえた。

「だが、俺に祈った娘だ。俺が守ると決めた。見世にとっても必要な存在だ」

「え――」

この上なく不機嫌そうでもこの上なく綺麗な声は、信じられない言葉を紡いだ。

目を見開いた千早の視界に映るのは、抜き身の刃の鋭さを湛えた切れ長の目。でも、朔が睨んでいるのは千早ではない。彼の怒りは、里見に向いている、のだろうか。

狐のあやかしは、なおも不敵に忍び笑いを漏らしながら、それでもじり、と重心を後ろに傾けたようだった。軽口も、先ほどよりは焦りが滲んでいるような。

「見世、ね……。時代遅れのモノをいつまでも後生大事に――おっとぉ」

里見が小さく叫んだのは、一瞬だけ、辺りを真昼の明るさが包んだからだ。光の源は、虚空から現れた炎。太陽が地上に降りて来たかのような熱と光が、千早の目を焼き、頬を焦がす。里見が飛び跳ねなかったら、たぶん、彼の髪や洋套も燃えていたのだろう。

抱えられたままの千早の視界は激しく揺れて、火の粉が眩い蛍のように闇の中に軌跡を描く。目を瞬かせていると、里見は千早を荷物のように投げ出した。

「きゃ……っ」

痛みに身体を丸めたところに、里見の捨て台詞が降ってくる。

「しがない狐じゃあ、お宅様には敵いませんからね、今日は退散いたしますよ。その娘の居場所が月虹楼だと分かっただけでも収穫だ」

また、辺りが明るく熱くなった。地べたに転がる千早の目の前にも、火花が散る。

里見の放言に、朔がお灸を据えたらしい。不思議なことが起きているのに当たり前のようにそう理解している自分に気付いて、千早は愕然とする。

「出直したところで同じことだ。お前の登楼は二度と許さない」

先ほどちらりと見えた眼差しだけでなく、朔の声も冷え冷えとして鋭かった。

「でしょうねえ。まあ、良いですよ。葛葉はいずれ返してもらいますからね」

里見の声がやけに低いところから聞こえたので首を捻ると、ふさふさとした金色の尻尾が路地の隙間に消えていくのが見えた。

瑠璃や珊瑚のそれとも違う、お嬢様の晴れ着に合わせるような――狐の、尻尾。

（尻尾……本当に、狐なんだ……）

本性を現して逃げたのだとしたら、彼が着ていた帽子や洋服はどこに消えたのだろう。昔話のように、葉っぱを変化させて纏っていたとか？　でも、布地の感触がしっかりとあったのに？　埒もないことを考えながら、あちこちが痛み軋むのを感じながら起き上がろうとすると――不意に、千早の身体がしっかりと支えられた。

「大丈夫か？」

朔だ。里見を睨めつけていたのが嘘のように、もう優しい顔をしているのに驚く。少し眉を寄せているけれど、それは心配のためだと分かった。

「は、はい。あの……ご、ごめんなさい……」

彼は、着流しだけの姿だった。内所で寛いでいたところを駆けつけたのだろう。例によって上質な紬の生地が、無造作に膝をつくから砂に塗れてしまっている。空の月を、地に落としてしまったような気がして、居たたまれなさに千早は俯く――と、彼女の視界に白い手が差し伸べられた。

「さて、帰ろうか」

「帰る……？」

どこに？　と。戸惑う想いが滲んだのを聞き取ってくれたのだろう。朔はこともなげに答えた。

「月虹楼に。皆、心配している」

＊＊＊

朔に握られた手が、じんわりと熱かった。掌が汗で濡れているのが申し訳なくて恥ずかしくて、千早は彼の一歩後ろを歩いている。

吉原の喧騒はもはや遠く、夜の帳の向こうに消えた。ふたりは今、人の世を離れてあやかしの世にいる――戻って、いる。

風が草葉を揺らす音と、微かな虫の音のほかにはふたり分の足音が響くだけ。その静けさも居たたまれなくて、千早は問われる前から言い訳がましく口を開いた。

「寿々お嬢様——前にいた見世のお嬢様が、心配してるって言われたんです。お嬢様は私を逃がしてくれたから、怒られたりしていないかって……お礼も言いたかったし……」

「里見はあの通り狐が本性だから。獣の姿なら、花蝶屋の庭先に忍び込むことも容易いだろう。家人の話を盗み聞いて一計を案じた、というところじゃないかな」

「……そうだったんですね……」

ちらりと振り向いた朔の口元は微笑んでいて、千早を責める気配はない。

でも、馬鹿な真似をしたことは、彼女が一番よく分かっている。朔や四郎に相談していたら、最初から分かっていたことだったのだ。

「勝手なことをして——」

「客に注意するとしたら、喰われるとか化かされるとか、そういう方向でしか考えていなかった。人の世に通じるあやかしもいると、知っていたのにな。配慮が足りなかったのは、こちらの落ち度でもある」

謝罪の言葉を遮られて、千早は目を見開いた。

「どうして、そんなに……？」

優しくしてくれるんですか、と。これもまた、自ら言うには図々しい気がして口ごもってしまう。でも、朔は言葉にならない思いを聞き取ってくれたようだった。

「千早は俺を頼ってくれた。人の願いはとても久しぶりだったから、張り切ってしまう」

「頼る……願う……？」

それは、一番最初に月虹楼に飛び込んだ時のことだろうか。花蝶屋の若い衆に追われていた、あの時の千早は確かに必死で——何に、誰に祈っただろうか。

（神様、仏様……？）

心に念じたことを完全に思い出す前に、朔は軽く千早の手を引っ張った。空いている方の手で、前方を示す。そこには、温かく心強い灯りが煌々と点っていた。

「ああ、着いたぞ」

月虹楼の灯りだった。吉原の裏路地で言われた通り、「帰って」きたのだ。ここは、今の千早の家なのだ。

安堵の息を吐いた千早の耳に、ぱたぱたという軽い足音が迫った。

「千早、千早ぁ！」

「よく戻りんしたなあ」

瑠璃は青、珊瑚は桃色、それぞれの名の振袖の袖を翻して、子猫の禿たちが飛びついてきたのだ。可愛らしい顔が、どういう訳か涙に汚れてぐしゃぐしゃになっている。

「ど、どうしたの……？」

「葛葉姐さんに叱られえした」

「外に、千早と里見様の匂いが残っていたから」

朔と繋いだ手を放してふたりを抱き留めると、大きな目に涙を浮かべて、鼻をすんすんと鳴らしながら交互に訴えてくる。

「千早の姿が見えぬと騒ぎになって、隠し切れぬで」

「ああ、でも、隠せなくて良かったやもだけど」

「でもでも、そもそもわっちらが止めていれば」

「すまぬなあ、千早ぁ」

左右から聞こえる切れ切れの情報を繋ぎ合わせて、何があったかはだいたい想像がついた。幼い禿たちでは、千早の不在を誤魔化しきることができなかったのだろう。

子供たちに隠し事をさせたこと、これも彼女の迂闊であり勝手だった。

（ふたりが気に病むことじゃないの）

そう、抱き締めることで伝えながら、千早は詳しい話を聞き出そうとした。

「えっと……葛葉姐さんが、なんで？」

月虹楼の御職の花魁は、とても綺麗で、とても怖い。それはこの短い間でもよく分かっていることだ。

（私のせいで、怒られたの……？）

早く謝らなければ、執り成さなければと思うのに、禿たちがしっかりとしがみついてくるから身動きが取れそうにない。瑠璃と珊瑚は、千早の着物で涙と鼻水を拭いているような有り様で、言葉も意味をなさなくなりつつある。

「月虹楼で拐かしなど前代未聞。しかもそれをしたのがわっちの客だったなど、御職の花魁の立つ瀬がありいせん」

だから、教えてくれたのは凜と通る女の声だった。千早がはっと顔を上げると、葛葉花魁が暖簾を掲げた格好で佇んでいる。

高く立兵庫に結った髪や簪や笄が引っかからないように軽く頭を下げて、首を傾けて——そんなさりげない一瞬を切り抜いても、美女はそれだけで実に絵になる。眉を寄せる姿は西施さながらに憂いを帯びて色香を帯びている。

「——葛葉姐さん、あの」

見蕩れて言葉を失うこと数秒、千早がようやく口を動かすことを思い出した。でも、ごめんなさい、はまたも言わせてもらえない。

「楼主様が間に合うて、良かった」

葛葉は早口に囁くと、大股に千早のほうへと歩いてきた。花魁なら三枚歯の高下駄を履くものだろうに、屋内用の草履を突っかけただけの姿だ。朔と同じく、この人も千早を心配して待っていてくれたのだ。不意に気付いて、千早の目と胸の奥が熱くなった。

葛葉は、千早に抱き着く瑠璃と珊瑚を、ひとりずつ襟首を摑んで引き離した。吊り上がった切れ長の目が、きっと千早を睨む――ううん、見つめる。

「追い出したとはいえ、里見はわっちの客で同胞だもの。わっちにも狐火が使えれば、焼き殺してやったのに……！」

「そ、そこまでしなくて良いです……！」

葛葉に抱き締められると、椿油と何かの香の香りが千早の鼻をくすぐった。上客しか味わえない花魁の香りだ、と思うと、同じ女なのにどきりとしてしまう。

それと――あやかしだからなのか夢中だからなのか、葛葉はとても力が強くて苦しかった。身体の前で結んだ緞子の帯が、千早のお腹に刺さるのも、痛い。

口をぱくぱくさせる千早を助けてくれたのは、朔だった。

「葛葉、千早を休ませておやり。怪我はないが、疲れただろうから」

「ああ、わっちとしたことが――あい。ささ、千早、早うお入り。わっちが介抱してやりんしょう」

苦笑する楼主に促されて、葛葉は千早の手を取った。花魁だけあって、甲をなぞって指を絡める仕草がまた色っぽくて心臓に悪い。それに、今、何て言っただろう。

「え――座敷を放っちゃ駄目ですよ……!?」

「なんの、それくらいせねば申し訳が立ちいせん。今宵のわっちは主の貸し切りじゃ」

顔を覗き込まれて蕩けるような声と眼差しで微笑まれると、もう何も言えなかった。確かに千早は疲れていた。心も、身体も。贅沢なことだとは思うけれど、柔らかい布団が恋しくてしかたない。

「見世のことは気にしないで良い。うちは借金を負わせて働かせている訳でもないし」

「あ、ありがとうございます……！」

楼主直々の寛大な言葉に甘えて、葛葉に腰を抱かれるようにして、千早は月虹楼の暖簾を潜る。出かけてから戻るまでに何刻も経っていないだろうに、束稲の紋を見るとひどくほっとした。

「おや、千早、帰ったのかい」

「無事で良かった」

見世先でのひと騒ぎを聞きつけたのか、遊女や若い衆が笑いかけてくれるのも嬉しかった。入ったばかりの人間の小娘を、受け入れて気にかけてくれるなんて。

「ゆっくり話もしたいから、そのためにも休んで欲しいな」

「はい……」

この見世はとても優しくて温かい。だから、朔の話というのが注意や叱責だったとしても甘んじて受けようと、思ったのだけれど——

「里見はあやかしらしくなく目端が利くんだ……娘ひとり売り飛ばすくらいの金で動くと

も思えないのだが。何があるのだろうな……？」

「…………」

彼が独り言のように呟いたのは、千早には答えようがなく、しかも改めて言われるともっともな疑問だった。

（お金の問題だけじゃないの？　私は——誰に、どうして売られるところだったの……？）

月虹楼に帰った安堵も束の間、千早の胸に不安という名の暗雲が広がっていた。

四章　隅田川のほとりにて

夜の闇の中で朔を見ると、月が落ちてきた、と思ったものだった。

では、着飾ったままの御職の花魁が同じ部屋にいると――太陽が間近に輝いていて恐れ多くて眩しすぎる、という感じだろうか。

しかも、日ごろ高飛車な葛葉が、甘やかに微笑みかけてくれているのだ。布団に押し込まれた千早の背中は、変な種類の汗で濡れていた。

「雪女の六花に造らせたぞ。さあ、おあがりなんせ」

ふわふわの氷に、黒蜜ときなこをかけた贅沢な品を、葛葉はひと口ずつ匙で千早の口元に運んでくれる。食べたいと思ってすぐに食べられるようなものではない、とても貴重なものなのは重々承知しているのだけれど――

（あ、味が分からない……！）

せっかくの蜜の甘さも氷の冷たさも、十分に味わえないのが無念でならなかった。

自室の布団に落ち着くまでにも、着替えて身体を拭いて、髪を梳いてと、葛葉は甲斐甲斐しく千早の世話を焼いてくれた。同族の里見の所業を気にしてくれてのことだというけれど、千早にしてみれば勝手に出かけた自分にこそ非があると思うのに。

　それでも、喉を滑り落ちる氷は千早の気力をいくらか回復させてくれた。恐縮しても謝っても、葛葉が聞かないのはもう分かっているから、必死にそれ以外の話題を探して――

「里見……様は――洋装のあやかしも、いるんですね……この見世にいると、意外でした」

　話題選びが間違っていたのは、葛葉がはっきりと眉を顰めたのを見れば明らかだった。

　里見が狐の尻尾を振って退散するのを見たからか、絶世の美女に重なって、一瞬だけ、ぶわりと毛を逆立てる優美な金色の獣が見えたような。

　次のひと匙は少し多めに氷が載っていて、しかも、やや乱暴に千早の口に突っ込まれた。

「『アレ』はのう、昔から新しもの好きだったから。わっちはほら、着物が着たい、髪を結いたいで人の町に降りたのだけれどねえ」

　やや乱暴に、そして多めに口に突っ込まれた氷の冷たさが頭に刺さって、千早は鋭い痛みに悶えた。彼女の頭上に、葛葉の溜息のような愚痴のような声が降ってくる。

「米相場に金貸しに――ないところから金が湧き出るのが面白い、人は狐よりもよほど化かし上手だ、などと言うてなあ。札差の真似事をしたこともありんしたなあ。で、御一新の後は西洋人相手に何やら商売をしているとか。それであの『かぶれ』ようという訳だの」

札差——武家を相手の金貸しは、かつての吉原を代表する上客で、風流を好む通人が揃っていたと噂には聞く。

（あの人も、月代を剃っていたりしたのかしら……？）

そのころだったら、里見と葛葉は似合いの夫婦のようでもあったのだろうか。だからこそ、里見の所業を他人事と切り捨てられないのだろうか。

遠い御代に思いを馳せながら、千早はふたりの「狐」の言葉の矛盾に気付いてしまう。

「あの……お金には興味がないと言っていたんですけど」

あやかしだから千早を売ることはないと言われて、それで信じたところもあったのに。それでは里見は、あんなにこやかな笑顔でさらりと嘘を吐いていたのだろうか。

恐る恐る口を挟んでみると、葛葉は切れ長の目をまん丸く見開いた。そして、ふ、と口元を綻ばせる。大輪の牡丹や芍薬が花開くような艶やかな——でも、どこか苦々しさを堪えた表情だった。

「何じゃ、主もまんまと騙されたのう。生き馬の目を抜くとは、まったくアレのためにある言葉でありんすに。アレは油断ならなくて狡賢くて——怖いというに」

「怖い……姐さんが？」

葛葉が里見を階段から蹴り落としたのは、つい昨日のことだ。

啖呵を切って追い出していたし——何も恐れていないような、強気で美しくて堂々とした葛葉なのに、とても不思議なことを言う。

「アレは人のようになってしまったからの。人の世は目まぐるしく変わって訳が分からない。だからもう、好きぃせん。変わってしまったアレも——」

漏れ聞こえたところだと、里見は葛葉に洋装を勧めて逆鱗に触れたということだった。

（葛葉姐さんなら洋装もきっと似合うのに……）

人の世に憧れて月虹楼に来たというなら、お針の白糸や織衣と同じことのはずなのに。

あのふたりなら、西洋の着物について何と言うのだろう。美しいあやかしの女たちの言うことも考えることも、人間の小娘には計り知れない。

そして、葛葉は教えてくれるつもりはないようだった。千早の目には疑問が渦巻いているのだろうに、素知らぬ振りで傾国の笑みを浮かべるだけなのだから。

「酒ではのうて白湯ではあるが——ささ、一献。茶は、目が冴えてしまうからのう」

「あ……ありがとう、ございます」

酌をするような優雅な所作で、葛葉は湯呑に白湯を注いでくれた。見た目には清酒と変わらないから、味も香りもしないことに少し頭が混乱してしまう。

「食べたいものがあるなら厨に取りに行きんしょう。……わっちを給仕に使うなど、またとない機会でありんすよ？」

「い、いえ！　大丈夫です……！」

これ以上花魁（おいらん）の奉仕を受けてしまったら、かえって気を遣って倒れてしまいそうだ。

激しく首を振ると、葛葉は掛け布団を引き上げて千早の身体を寝かせた。ぽんぽんと、布団の綿を均（なら）す手つきは子供を寝かしつけるときの優しいものだ。

「では、お休みなんせ。楼主様が話があると仰（おっせ）えしていたからの。明日には、いつも通りに起きねばなりいせん」

「はい。必ず！」

今夜は、結局見世の仕事を何ひとつできていない。その分を取り戻すのだと意気込むと、葛葉は満足そうに笑い――涼やかな目に、ちらりと凄（すご）みを浮かべた。

「良い子じゃ。……禿（かむろ）どもにも手本を見せなんせ。菓子での口止めも隠し事も、わっちは二度は許しいせんよ」

「は、はい……」

瑠璃（るり）と珊瑚（さんご）を巻き込んだことについて、きっちりと釘（くぎ）を刺されたことになる。言葉に潜んだ静かな怒りも鋭い棘（とげ）も怖かったけれど――でも、これでこそ葛葉だった。

（明日からは、また頑張ろう……）

だから、千早はいっそ安心して目を閉じた。彼女の目蓋を、葛葉のひんやりとした指先が撫（な）でる。これも狐の技なのか、疲れのゆえか、千早はすぐに泥のように眠りに落ちた。

＊＊＊

目蓋の裏に朝の光を感じて、千早は目を覚ました。あやかしの世でも、人の世と同じように太陽が沈んでは昇り、夜の帳が降りては上がるのだ。

「ん……っ」

布団の中で伸びをする。手足に痛みや怠さは、ない。

ひと晩ゆっくり休ませてもらったからか、葛葉の介抱のお陰なのか。とにかく、昨晩の埋め合わせのつもりでしっかり働かないと。決意しながら千早が起き上がると——

「あ、おはよう、千早」

「白糸さん、織衣さん——おはよう、ございます……？」

お針のふたりと、目が合った。

光の差す角度からして、決して寝坊をした訳ではないだろう。でも、ふたりとも眠気の欠片も見せずに端然と座っているから、なぜか申し訳なくなってしまう。

「えっと、今日は繕い物があるとか……？　衣替えは、したばかりですよね。いえ、何でも、何枚でも、やります……！」

気を取り直して、意気込みを見せようとしたのだけれど。羽化したばかりの蝶のような、雫を煌めかせる雨上がりの蜘蛛の巣のような、清らな風情をまとったふたりは、くすくすと笑いながら首を振った。

「ありがとう。でも、違うのよ、千早」

「あたしたちねえ、昨日のうちにこれを仕立てていたの」

白糸と織衣は、せえの、と声をかけ合うと、「何か」を摘まんだ手をそれぞれ掲げた。

正座したふたりの間に畳んであったらしい着物だった。

「わ、素敵――」

青紫の地に、白藤色の丸をずらして重ねた、七宝模様尽くし。

丸が重なり合って描く模様は、星にも花にも見える。この爽やかな色なら朝顔だろうか。

白藤色の線がところどころ銀に煌めいているのは、白糸と織衣が、自らの紡ぐ糸で刺繍を施したのではないかと思う。

（芝鶴姐さんが着たら、きっとすごく艶っぽいわ……葛葉姐さんなら、思い切り派手な帯を合わせそう……）

花魁の夜見世の装いには少し地味かもしれないけれど。夏の宵に、さらりと纏って庭に出るのも粋なのではないだろうか。

仲睦まじい客とふたりきりで、酒杯を傾けるとか星を眺めるとか――広げたところを見ただけでもそんな空想がありありと浮かぶくらい、素敵な色と模様の素敵な着物だった。

千早は、綺麗な着物にひたすらうっとりと見蕩れてしまったのだけど——

「気に入ってくれて良かった」

「朝餉を終えたら着てちょうだい」

「丈は合っていると思うのだけど」

「やっぱり実際着ないとねえ」

おっとりと微笑みながら頷き合う白糸と織衣のやり取りを聞いて、千早は慌てて布団の中から——まだ足を突っ込んだままになっていたので——飛び出した。

布団の上、ふたりの前に正座して、あわあわと手を振り回す。

「えっと、あの。これ——わ、私に……？」

触れようにも、触れるのがもったいないと思ってしまう。生地は、絹に麻を混ぜたさらりとしたもの。花魁が纏う繻子や綸子に比べれば、安価なものではあるけれど——こんな真新しいぱりっとした着物なんて、千早は今まで着たことがない。

信じられなくて、もったいなくて。

絶句する千早に、ふたりはあくまでも微笑みを絶やさなかった。

「そうよ？」

「今日は楼主様とお出かけでしょう」

「いつもの格好ではねえ、月とすっぽんでしょう」

「化粧も髪もちゃんとしてあげるから、安心してね」

しかも、さらに耳を疑うようなことを言われたような。いや、朔が月なら千早はすっぽん、どころかその辺の蟻とか羽虫だという点は、まったく異議がないのだけれど。

（私が、楼主様と？　どうして？　どこへ？）

すっきりとした目覚めの爽やかさはどこへやら、混乱した千早には、とにかくもったいない、としか考えられなかった。この着物も、朔も、彼女には。

「こ、これは馬子にも衣裳、だと思います……！」

子供の――それこそ瑠璃や珊瑚のように否々と首を振ると、ふぅ、と寂しげな溜息がふたつ、千早の胸にちくちくと刺さる。

「あら、あたしたちが夜なべした着物を着てくれないの？」

「若い娘が着たきり雀は、気の毒だと思ったのに」

「う、うぅ……」

整った顔の女たちが、悲しげに目元を袂で押さえるのを見て、千早は言葉に詰まる。

ふたりの腕前を知ってはいても、たとえ糸を操るあやかしでも、ひと晩で着物を仕立てるのは簡単なことではないだろう。とても素敵な着物だとは思うしとても惹かれるし――

だからこそ、千早なんかに、とも思うのだけれど。

でも、白糸の細い肩が震えるのを見ては意地を張ることもできなくて。

「あの……すみません。ありがとう、ございます……？　えっと、よ、喜んで――着させてもらえたら……嬉しい、です」

と、言った瞬間に、白糸と織衣はぱっと顔を上げた。機械仕掛けのからくりのように、ぴたりと揃った動きだった。そして、袂を下ろしたふたりの顔は――輝くばかりの満面の笑み。涙の翳りなど、ひと筋たりとも見えはしない。

「まあ、ほんと？」

「では、急いで顔を洗って。朝餉を食べて」

その言葉を待っていた、と言わんばかりに、ふたりはうきうきと千早の手を取った。

（う、上手く乗せられたような……）

座敷に出ることはなくても、彼女たちも立派な妓楼の女だったらしい。

＊＊＊

「楼主様、お待たせしました。いつでも出発できます」

「いや、待つというほどのこともなかったが――」

月虹楼の、内所にて。着替えを済ませた千早を見て、朔は目を細めた。

ほんの少し表情を緩めるだけで、花が咲いたように辺りが華やいで良い香りが漂う気さえする――こんな綺麗な男の人がいるなんて、いまだに信じられなかった。

「白糸と織衣はさすがだな。よく似合っている」

「あ、ありがとうございます……」

しかも、そんな人が千早を褒めてくれるなんて。例によって長火鉢を前に煙管を構える朔を前に、千早のお尻はむずむずと落ち着かない。

馬子にも衣裳、とまたも口から飛び出しそうになるけれど、謙遜をたしなめられたばかりとあって、どうにか呑み込むことに成功した。

それに――確かに千早は今の自分の格好がとても気に入った。調子に乗っているとも言われかねないけれど、浮かれていた。

お針のふたりが仕立ててくれた七宝尽くしの紫の小袖に、合わせる帯は可憐な薄紅色。可愛らしくも品がある色合わせだ。

髪は、後ろに纏めておさげに編んでから折り曲げてリボンで留める「まがれいと」にしてもらった。リボンは帯と同じ薄紅のを、二か所に結んで。

(可愛くて綺麗で……どきどきする!)

花蝶屋でも髪の結い方や化粧の手ほどきを受けることはあったけれど、あくまでもいつか見世に出る時のため、だった。こんな風に普通の――それどころか良家のお嬢さんのように着飾らせてもらったことはない。

まるで、まったく違う「自分」になれたようで嬉しくて。心が弾むままに、朔にも気後れせずに話しかけることができそうだった。

「あの、今日はどこに行くんですか？　私は、何をすれば良いんでしょう？」

朔と並ぶと月とすっぽんだ、という思いは変わらない。でも、すっぽんだとしても格好は綺麗なのだから、いつもより堂々としていても良いのではないか、とも思う。

（荷物持ちでも、草履取りでも、あやかしが相手でも、どれだけ歩くのでも大丈夫……！）

朔と釣り合うだなんて、欠片（かけら）も思っていない。何が何だか分からないけれど、月虹楼での仕事の一環で、思わぬ役得がもらえたようだ。

ならば、誠心誠意、役目を果たさなければ。

「俺にもまだ分からない。どこに行くかは、千早に聞こうと思っていた」

でも、意気込む千早に、朔は笑って首を振った。

「え……？」

顔ばかりに意識が向いて気付かなかったけれど——改めて見ると、そういえば朔の装いも普段とは違う。

古風な妓楼に似合う、質も品も良い羽織（はおり）姿ではなくて。

丸襟の洋襦袢（シャツ）に着物を重ねて、下には袴（はかま）を穿（は）いているようだ。妓楼の主（あるじ）には不似合いなそうそういるはずもないのだけれど。

――書生か学生か、といった出で立ちだった。もちろん、こんなに綺麗で色香漂う書生が
(この格好で、どこに行くのかしら……?)

謎めいたもの言いと見慣れぬ姿はどういうことか、と。千早が首を傾げていると、朔は微笑に悪戯っぽい表情を滲ませて、答えを教えてくれた。

「寿々、と言ったか。花蝶屋の娘に会いに行こうと思った。千早を逃がしてくれたというし、事情を聞けば教えてくれるのではないか?」

「あ――会えるんですか、お嬢様に……!?」

昨夜、里見に騙されたのも、寿々お嬢様の様子を確かめたいと思ったからこそ、だった。

ひと晩明けても、その思いは変わっていない。でも、叶わないだろうと諦め始めてもいた。あやかしにさえ噂が広まっているなら、迂闊に出歩けないだろう、と。

(あ――だからこの格好? 逃げた娼妓見習いじゃなくて、どこかのお嬢さんに見えるように……?)

身寄りのない小娘が、何週間も姿を消していたら。身を持ち崩したり、飢えて汚れたりしているものだと普通は考えるのだろう。

書生風の男もついていたら、素知らぬ顔で堂々と歩いていたら――良いお家の娘にも見えるかもしれない。お嬢さんとお付きとか。それともまさか、許嫁同士とか?

期待と不安に、千早の鼓動が速まり、頬に血が上って熱くなる。朔の前で顔が赤くなっていたら恥ずかしい、と思うけれど止められない。千早の顔色なんてどうでも良いのか、朔の優しく穏やかな表情は、変わらなかったけれど。

「里見を出入り禁止にしてしまったからな。奴から話を聞くことはもうできない。とはいえ花蝶屋に出向く訳にもいかないから、吉原の外で寿々に会えないかと思ったんだ」

「じゃあ、女学校の帰り、ですね！　吉原に入る前にお嬢様を見つけて、話せたら……！」

自分の視野の狭さにまたも赤面しながら、それでも千早の声は弾む。

そうだ、寿々お嬢様に会うのに必ずしも花蝶屋に行く必要はない。娼妓たちと違って、お嬢様は籠の鳥ではないのだから。毎日同じ時間、同じ道で学校に通っているのだから。

「それが良さそうだな。その娘がどこの学校に通っているかは、分かるか？」

朔に促されて、千早は懸命に記憶を探った。

歳が近いだけに、寿々お嬢様とは雑談を交わした機会も多かった。雨の日や雪の日は通学を面倒がることもあったし、春は桜並木があるとも言っていたような。

でも、それ以上は難しい。何しろ、千早は吉原の外の土地勘というものがまるでない。

「……すみません、詳しくは――えっと、神田の学校で、隅田川沿いに歩いていくって、言っていたと思います」

このていどの頼りない情報で、分かるものだろうか。申し訳なく思いつつ朔の顔を窺うと、けれど彼はしっかりと頷いた。

「では、両国橋の辺りで待ってみるか。吉原からも学校からも、近すぎないほうが良いだろうから」

千早を狙う者に見つかってはならないし、お嬢様のほうだって、おかしな噂の種にはなりたくないだろう。両国橋がどこにあるかは分からないながら、もっともな配慮だった。

「はい。……でも、どうやって吉原を出るんでしょうか。昼間だから、人は少ないかもしれないですけど……」

吉原の外に出る、と考えるだけでもさらに胸が浮き立つけれど、まだまだ心配ごとは尽きなかった。

花蝶屋は、やけに熱を入れて千早を捜している。人相書きでも出回っていたらどうしよう。令嬢めいたこの変装で、「へらへらした小娘」の面影はちゃんと消えているだろうか。

「何を言っている。吉原を通って出かける必要はない」

不安に目を伏せる千早を余所に、朔の笑みが陰ることはなかった。

「あやかしの世と人の世の繋がり方は一定ではない。――その辺りも、そろそろ話しておいたほうが良いだろう」

またも謎めいた言葉を口にして、涼やかな眼差しで千早の言葉を失わせて、朔は立ち上がった。

＊＊＊

瑠璃と珊瑚に切火を切ってもらって、月虹楼の暖簾を潜って。朔と歩くことしばし――

千早は、気が付くと人の世に帰ってきていた。

人の気配というか息遣いというか、何となく騒がしく気配が感じられるから分かるのだ。

でも、辺りの景色は千早が馴染んだ吉原のものでは、ない。

（空が、広い……！）

妓楼が肩を寄せ合うように犇めく吉原では、青い空も星空も、建物に切り取られてごく狭かった。

それに、周囲の緑が目に染みる。これも、特に、中見世に過ぎない花蝶屋ではなかったことだ。四季折々の彩りを整えるのも、相応の広さの庭がなくてはできないことだから。

「ここ――どこですか？　あれは浅草寺じゃないですよね。あの、川は……」

額に手をかざして、千早は左右をきょろきょろと見渡した。

どうやら彼女たちは、大きな川を望むお社にいるらしい。土手には人と人力車が、川には荷物を載せた小さな船が、何人も何台も何艘も行き交っている。

煌めく水面を隔てた川の対岸には、寺院らしき瓦屋根が見える。でも、浅草寺でないのは明らかだった。千早が見慣れた凌雲閣は、はるかに彼方の空に霞んで見えるだけだから。

(浅草があっちのほう、っていうことは……?)

千早が東京の地図を頭に描くことができる前に、朔は答えを教えてくれた。

「あれは回向院、川は隅田川だ。両国橋は、あっちだな」

「回向院……あの、相撲の?」

「そう。江戸の御代から賑やかだったな……」

どこか遠くを見る眼差しをした朔は、千早の手を取るとまた歩き出した。少なくとも三十年以上も前のことをさらりと語ることにも驚くけれど、それよりも手に感じる温もりが大問題だった。

(手……手!?)

きっと、このお社には参拝する人が絶えないのだろう。辺りの草はきちんと刈られ、石やごみも落ちていない。なのに、動転した千早は足をもつれさせそうになってしまった。

「あ、あのっ」

「千早は狙われているんだぞ。万が一ということもある。離れないようにしていたほうが良いだろう」

「でも……っ」

「そのための、『この』格好だ。最近の若者はこういう格好をするのだろう？」

振り向きざまに眩(まぶ)しい笑顔を見せられて、千早の顔はきっと猿のように真っ赤に染まっていただろう。みっともないし、恥ずかしい。それに、何を言ったら良いかも分からない。

（最近の学生さんやお嬢さんは、「こういうこと」をするものなの……!?）

若い娘ではあっても、千早は普通の若者がどう過ごしているのかは知らないのだ。

若い男女が手を繋いで歩いていたら、世間様にはどう思われるのだろう。よくあることと流してもらえるのか、眉を顰(ひそ)められたりしないのだろうか。

（放してください、なんて……言えない……！）

彼女を守ろうとしてくれてのことなのに。こんなに、胸が弾んでしまっているのに。

だから、千早はほんの少し、ほんの少しだけ指先に力を込めて、頷(うなず)きの代わりにした。

石段を下りると、赤い前掛けをつけた一対の狐(きつね)の像が朱塗りの鳥居を守っていた。狐の鼻先を通り過ぎながら、朔がふと、呟(つぶや)く。

「――この社はよく守られている。嬉(うれ)しいことだな」

「はい。綺麗(きれい)なところですね」

改めて振り向くと、陽光に輝く瑞々(みずみず)しい緑に、鳥居の朱色がよく映えて眩しい。

石段に落ちる木々の影の濃さ。静謐(せいひつ)で、清らかな空気。

鳥籠育ちの千早にも、どういう訳か懐かしいと思えるのは、たぶん、お社とはこういうものだ、という認識が彼女の中にしっかりとあるからだ。赤い鳥居と、狐の像。自然と手を合わせたくなる、神聖な――吉原にも、そんな場所があるのだ。

「吉原にも九郎助稲荷(くろすけいなり)がありますよね。何度かお参りしたことがあります」

「そうだな。貴女(あなた)にも会ったことがあるのだろうな」

朔が頷いたのは、何も不思議なことではない。吉原にいて九郎助稲荷を知らない者がいるはずはない。でも、彼のもの言いはどこか不思議だった。

何がどう不思議なのか――千早は、自力で気付くことはできなかった。

「あれは、俺の社だから」

「……はい？」

「ここに出たのは、稲荷神のよしみで社を通らせてもらったということだな」

だから、朔がさらりと告げたのは青天(せいてん)の霹靂(へきれき)、というやつだった。目を見開いて立ち止まってしまった千早を、手を軽く引っ張って促して、朔は足も言葉も進めた。

「見世を構えて百余年、と言っただろう。そんな昔は、神仏に願うのは人だけではなかったのだ。人の世の賑わいに焦がれたあやかしも、俺を頼ることがあった。ことに、さほどの力のない虫や獣のあやかしは」

今は明治の御代で、人力車が闊歩(かっぽ)しているし、すれ違う人の中には洋装の紳士もいる。

神田の繁華街と思しき方角に目をやれば、電柱や電線も見て取れる。朔自身も、当世の書生風の出で立ちだ。

でも、彼が語るのは遠い徳川の御代のこと、狐や狸が当たり前のように人を化かし、蜘蛛や蚕が人の営みを面白がる——そんな夢物語のような時代のことだ。

人の世を歩いているはずなのに、彼女たちの周りだけが切り取られて時間が止まっているような、そんな奇妙な感覚に、千早は目眩がしそうだった。

「人のような暮らしがしてみたい。屋根の下での寝起き、多種多様の食べ物、色鮮やかな着物に賑やかな音楽。群れとも番とも違う仲間との関わり——人に追われることなく、人を傷つけることもなく、人に紛れることができたら、と」

「だから、月虹楼を……？」

月虹楼の暖簾に描かれた、三日月と束稲の紋が千早の脳裏に浮かんでいた。

あれは、楼主の本性を語るものだったのか、と今さら悟る。お稲荷様は、その名の通りに稲の神様だということだから。そう、それに里見を追い払った時の炎も、里見の素早い退散ぶりも腑に落ちる。お稲荷様の狐火に、ただの狐のあやかしでは敵わないからと、そういうこと——なのだろうか。

（じゃ、じゃあ、私……今、神様と……!?）

思い至ってしまった瞬間、千早の掌が冷や汗でどっと濡れた。

綺麗な人、世話になっている見世の楼主というだけでなく、さらに恐れ多い存在だったなんて。恥ずかしさも極まって、手を引っ張って逃げようとするのに——なのに、朔は千早の手をしっかり握って、逃がしてくれないのだ。

「そうだ。人の祈りには応じても、あやかしを顧みる神仏はいなかったから。俺くらいは、と考えた」

「あ——だから、私が助けて、と思ったから……？」

「そうだ」

握った手の熱に心を乱すまい、きちんと話を聞かなくては、と。必死に相槌を打つ千早に、朔の嬉しそうな微笑みは目に毒だった。この人は——この神様は、捕まりかけて絶望していた千早の祈りを聞いてくれた。助けてくれた。

自分の意思を持って生きたいという願いを潰えさせずに済んだのは、朔のお陰だ。いくら感謝してもし切れないし、恩が返しきれるとも思えない。

「人間も、昨今ではあれほど切実に願うのは珍しくなっているからな。だから、よく聞こえたし、応えた。嬉しかったんだ」

なのにどうして、朔の眼差しはひたすら優しいのだろう。ちっぽけな人間の小娘に、感謝する気配すら漂わせているのだろう。

美しさに見蕩れるだけでは済まない。彼の何もかもが尊く、もったいないと思った。温かい思いが胸から溢れて、いっそ苦しいくらいで。

朔の顔を真っ直ぐに見ていることができなくて、千早は目を伏せてしまう。

「そんな……私、普段はお参りもお供えもしなかったのに。大変な時に、神頼みするだけで……」

千早は、本当に祈っただけだ。特別なことでもないし、大変なことでもない。人間の頼みごとなんて勝手なもので、神様からすれば面倒なものでしかないんじゃ、と思うのに。

朔は微笑んだまま、ゆるゆると首を振る。

「最近の風潮だな。人の世が豊かになったのは良いことなのだろうが。……神仏もあやかしも、取り残されている。誰もが里見のように賢く立ち回れれば良いのだが、そういう訳にもな……」

里見を語る口調が、朔と葛葉でまるで違うのが意外だった。葛葉の話を聞いた時は、狡賢い印象を受けたのに、朔のもの言いはどこか羨ましげにも聞こえるような。

（葛葉姐さんは今の人の世は訳が分からない、嫌だ、って……）

千早には、どちらが正しいか分からない。

彼女自身も売られかけたけれど、それは昔からよくあることなのだろうし。西洋から美味しいものや珍しいものが入ってきて、夜が明るくなって。何かと便利になったのは良いことのような気もするのだけれど。

でも、明治の世の花蝶屋の娼妓たちよりも、古式ゆかしい月虹楼のほうが、何もかも綺麗でのびやかで落ち着くのも確かだった。

「楼主様は……その、今の人の世が……？」

怖いんですか、なんて神様に対して聞けるはずもない。

曖昧に濁した千早の、声にならない言葉を、朔は聞き取ってくれたようだった。優しく美しい微笑を、寂しげな気配がちらりと翳らせる。それはたぶん、肯定の意を示していた。

「見世の者たちの居場所は守ってやりたいのだが。いつまで持つかと思っていた。……千早のお陰で、もう少し踏みとどまれそうだ」

それは——月虹楼がいつかなくなってしまう、ということなのだろうか。徳川の御代の倣いが少しずつ消えて、文明開化の波に押し流されていっているように？

恐ろしい考えに、千早は今度こそ完全に足を止めてしまう。凍りついたように見上げる朔の笑みは、それでもとても綺麗で——同時に、寂しい。

「だから千早には本当に感謝しているし助かっている。出来る限りのことはしてやりたいとも思う。……だから気にしなくて良い。そう、言っておきたかった」

朔は、もう千早の手を引っ張ることはしなかった。話すうちに、ふたりは大きな木組みの橋に辿り着いていたからだ。

西洋風の洒落た欄干に記されたその名は、両国橋。隅田川にかかるこの橋で待っていれば、寿々お嬢様はきっと通りがかるだろう。

＊＊＊

神田の繁華街が近いだけあって、両国橋を渡る人は多かった。

桜の季節は過ぎたとはいえ、暑さにはまだ早い爽やかな気候とあって、足を止めて隅田川を眺めたり土手に寝そべる人もいる。

だから、橋の袂(たもと)で佇(たたず)む千早と朔に注意を払う人はいないようだった。待ち合わせだとでも思ってもらえるのだろうし、実際、彼女たちは寿々お嬢様を待っている。

通行人のうち、特に女学生らしい年格好の娘さんの背丈や顔に注意を払いながら——でも、千早の頭は朔から聞いたばかりのことでいっぱいだった。

（洋装の人は、多いわ。電線もどんどん延びて、高い建物もできて——あやかしの住処(すみか)がなくなるって、こういうことなの？）

つまり、月虹楼はいつかなくなってしまうのかどうか、ということについてだ。

吉原の中か、せいぜい浅草寺界隈(かいわい)までしか知らない千早にとっては、隅田川をほんの少し下ったこの辺りの光景でさえ新鮮だった。あるいは、ここ最近は江戸の御代さながらの月虹楼で過ごしていたからかもしれない。あやかしの遊郭は雅(みやび)でおおらかで粋だけれど、時代がかってもいると、分かってしまう。

『時代遅れのモノをいつまでも後生大事に――』

里見の捨て台詞も、きっと、まったくの的外れではないのだ。吉原で遊ぶ酔客なら、古風な廓言葉を面白がったりもするのだろうけど。明治の世の眩しさの前に、あやかしの居場所は確かに消えつつあるのかもしれない。

(……なのに、私が出ていってしまって良いの……?)

先ほど出てきたお社は、綺麗に手入れがされていた。でも、九郎助稲荷に真剣に手を合わせる娼妓が減ったように、いずれは朽ちてしまうのかも。

優しくて温かい場所がなくなってしまうのは、絶対に嫌だ。でも、どうすれば良いのか、何ができるのかも分からない。人間の小娘の分際で、そんなことは考えることさえおこがましいのかもしれない。でも、だけど。

「……疲れたか？　今日会えなくても良いだろう。また、出直せば――千早は、気が気ではないだろうが」

と、朔に急に声をかけられて、千早は小さく跳び上がった。

綺麗な顔が覗き込んでくる驚きと、連れてきてもらったのに注意が散漫になっていたことへの後ろめたさで、舌がもつれる。

「は、はい……！　い、いえ！　大丈夫です！　ちゃんと見てます！」

たぶん、考え込むあまりに千早は怖い顔になっていたのだろう。それで、朔に心配させてしまったのだ。

おせっかいなことを考えていただなんて言えなくて、思わず言い訳してしまったけれど
――でも、本当に大丈夫、のはずだ。見世の仕事に比べれば、綺麗な格好をさせてもらって立っているなんて楽なものだ。それに、たとえ考え事をしていても、寿々お嬢様の顔を見落とすことはないと思う。

(だから……まだ、これからのはず……!)

若い娘なら、広くて見通しの良い道を通るものだろう。だから、この場所もきっと間違いではないはずで。改めて気合を入れて過ぎ行く人たちの顔を注視すること、しばし――

「――お嬢様!」

「その人」の顔を見つけて、千早は小さく叫び、同時に駆け出した。

会わなかったのは、ほんの何週間かだけだった。でも、物心ついた時から一緒に育って、こんなに長く会わないのは初めてだった。それも、きちんとした挨拶もできないままで。

「え……あんた、千早……? どうして、こんなとこにいるのよ……!」

だから、目を丸くしているらしい寿々お嬢様の顔が、目にあふれる涙でぐにゃりと歪んでしまう。ただ、お嬢様の声には純粋な驚きが滲んでいたし、目を押さえる千早に触れる手は、以前と変わらず温かかった。

「ちょっと、こんなところで泣くんじゃないわよ！　何なのよ、この格好と――そっちの人は……！」

「ご、ごめんなさい、お嬢様。私――」

お嬢様は、朔の姿を見て絶句したようだった。こんな綺麗な男の人はほかにいないから無理もない。別れてからのこと、月虹楼のこと――説明しなければ、と思うのに、声が詰まって言葉にならない。

「ああ、もう……！　下に、降りるわよ!?　落ち着いたらちゃんと話して聞かせてよね!?」

業を煮やしたらしいお嬢様に引っ張られて、千早は隅田川の土手を下った。

土手上の道からは隠れつつ、川の水で湿ってもいない草地を見つけて、三人は腰を落ち着けた。夏を控えて伸びた草葉が、ほどよく千早たちの姿を人から隠してくれそうだった。

あやかし云々は伏せて、親切な見世に住み込ませてもらっている、朔はそこの楼主だと説明すると、寿々お嬢様はしげしげと朔と千早を見比べて首を捻っていた。

そんな都合の良いことがあるはずがない、と思う気持ちはよく分かる。

でも、千早の装いを見てか、お嬢様は最後には納得してくれたようだった。売ったりこき使ったりするなら、こんな綺麗な格好をさせるはずがないから。

「……そう。安全なところに匿ってもらってるのね。良かったわ……」

「はい。私のほうは全然……むしろ、えっとお嬢様が叱られていないかが心配で」

再会の喜びと感動も落ち着いて、目を拭った千早は改めてお嬢様の様子に目を凝らした。

（大丈夫、そう……？）

束髪くずしにして下ろした黒髪は、どこまでも豊かで艶やかで。露になった額の白さも、気の強そうなきりっとした眉も、ぱっちりとした目元も。記憶にある寿々お嬢様と変わったところはない、と思う。

お嬢様の気丈さと、千早の鈍さゆえ、強がりでないとは断じきれないけれど——

「私も、別に。お父さんにもお母さんにも怪しまれてないみたいだし。万が一何か言われても、実の娘だもの。大したことにはならないわ」

千早の気遣う眼差しを受けて、寿々お嬢様はさらりと笑った。

肩にかかる髪を払う仕草も自然で、言葉も滑らかで。どうやら嘘ではなさそうだ、と千早が息を吐いたのと入れ替わるように、今度は朔が口を開いた。

「千早を買おうという者について、何か聞いていないか？　彼女をいつまで、どこまで匿えば良いかで悩んでいるのだが」

「……いいえ。詳しいことは、何も」

あまりにも綺麗な朔のことを、まだ信じ切れていないからだろうか。寿々お嬢様は軽く眉を顰めると、一瞬の沈黙を置いてから首を振った。

「逃がしてくれたのに？　危ない話だと思ったからではないのか。花蝶屋でも、千早の話題は出ているだろうに」

「幼馴染が売られてしまうのよ？　じっくり話を確かめてる場合じゃないでしょう。それに、若い娘の前で商売の話をするはずないでしょ。うちは、女郎屋なんだから」

ふたりの語気の、思いのほかの鋭さと刺々しさに、千早は息を呑んだ。彼女を真ん中に、左右に腰を下ろした朔とお嬢様は、どうして睨み合うようにしているのだろう。

（ふたりとも、会ったばかりだから、よね？　私のことを心配してくれているから……）

お嬢様の目から見れば、朔は追われる娘を、甘言を弄して余所に売ろうとしていると疑ってもしかたない。そんな都合の良い話はあり得ないと、警戒してしまうのだろう。

「……千早はまだ十六だ。今の時代は十八になるまでは娼妓の鑑札は与えられないのだろう。身請けの話が出るには早すぎはしないか」

「知らないわよ。後ろ暗い買い手だから高値をつけるってことじゃないの。よっぽどの好き者とか、外国に売るとか」

でも、朔の問い質すような口調はどういうことだろう。

年齢のことは、確かにその通りかもしれないけれど。でも、こんな言い方では、寿々お嬢様が眉を顰めるのも無理はない。まるで、責め立てられている気分にもなるだろう。

「あの、楼主様——」

「千早は、俺に助けを求めた。一時的に匿っただけでは助けたとは言えはしない。ただでさえ、ひとりで暮らしていけるか危ういというのに——うちを出た後で攫われたりしないよう、手を打たなければならないだろう」

執り成しをしなければ、と口を挟んでみたけれど。朔の黒曜石の目に浮かぶ真摯さに、千早は口を噤まされてしまう。それに、彼女への評が少し寂しく悲しくもあった。

「あ、危ういですか……」

見世の仕事を手伝って、できることも増えてきたと思っていたのに。いや、世間の人はできて当たり前なのだろうし、ひとり立ちするならまだまだ足りないのは、言われてみればそうなのだろうけれど。

(これで、月虹楼を助けたいだなんて……恥ずかしくて、言えない……！)

さっきまで考えていたことを思い出すと、顔から火が出る思いだった。両手で頬を包み込んだ千早を、寿々お嬢様は奇妙なものを眺める目で見てくる。

「……本当に、良くしてもらっているのね……？」

「そう！　そうなんです、お嬢様！　本当に良い人で親切で、だから心配無用で……！」

朔の印象を上向かせようと、千早は必死にお嬢様に訴えた。

いくら千早がぼんやりしていて頼りなく見えるのだとしても、そう簡単に人を信じる訳ではないのだ。

　美しく雅で和やかな月虹楼のこと、その住人たちのこと。すべてを語れないのも、上手く説明できないのもとても残念なのだけど。とにかく——大丈夫なのだと、伝えたかった。

「ふうん……？」

　寿々お嬢様は、だいぶ長いこと首を傾げて千早と朔を見比べていた。どれだけ疑っているのか、とても胡散臭いものを見る眼差しで。

　でも、ついに分かってくれたのだろうか、やがて、細い顎が小さく頷いた。

「……お父さんに、詳しいことをそれとなく聞いてみるわ。話を持ってきたのは誰なのかとか、いつまで諦めないつもりなのかとか……そうね、一週間あれば分かるかしら。来週、またここに来られる？」

　問われても、千早には是非を判断することはできない。目線で朔に尋ねると、でも、彼も同じく目線で構わない、と返してくれる。千早は、来週もまたこの人と出かけることができるらしい。そうと気付いて、また頬に血が上るのを感じながら——千早は、改めてお嬢様に力強く頷いた。

「はい。大丈夫です」

「そう。じゃあ、今くらいの時間に、会いましょう。早いほうが、良いでしょうしね」

「はい。ありがとうございます……！」

「それと」

勢い込んで首を縦に振った千早に、お嬢様はさらりと付け加えた。

「貴女に持たせた荷物の中に、煙草入れがあったでしょう。お母さんの形見っていう。あれ、私にくれないかしら」

「え……？」

目を瞬かせながら、千早は月虹楼に置いてある煙草入れを思い浮かべていた。

蒔絵細工の見事な——亡き母が、千早は顔も知らない父から贈られたという品だ。花蝶屋から逃げ出す時、確かにお嬢様が持たせてくれていたのだけれど。

「あれを……どうして、ですか……？」

お嬢様は、煙草なんか吸わないはずだ。もちろん、小銭入れとか薬入れとかに使えないこともないだろうけど。

あまりに自然な笑顔で強請られて、さすがに千早も戸惑った。それに対する寿々お嬢様は、当然のことを言っているかのように笑みを崩さないのだけれど。

「だって、もう二度と会えないかもしれないでしょう。それこそ形見として、思い出に取っておきたいのよ」

「思い出なら、ほかの品ではいけないのか？　教える対価ということか？」

「まさか。そんなことはないわ」

目を細める朔と、笑顔のままで応じたお嬢様の間で、白刃が切り結ばれた気がしたのは千早の思い過ごしだろうか。

（なんだか、怖い……？）

いや、気のせいに違いない。朔は親の形見を手放すのを案じてくれて、お嬢様は疑われたのが不本意なだけだ。

よく知らない同士だから、誤解が生じているだけだ。事実、寿々お嬢様は寂しげに表情を翳らせて俯いたのだから。

「そうよね。お母さんの形見だし、とても綺麗な品だったもの。もったいないと思うのも、当然よね。無理を言って、ごめんなさいね？」

お嬢様が謝るなんて、空から槍が降るよりも珍しい。恐らくは初めてのことに狼狽えて、千早は慌てて声を上げた。

「……いいえ！　私も使っていませんし、助けていただいた御恩もあるし――」

だから次の時に持ってきます、と。千早が言い切ることはできなかった。

「親の形見を手放すのに、一週間かそこらで覚悟が決まるはずもない」

割って入った朔の涼やかな声に、お嬢様が目を大きく見開いた。きっと千早も同様だ。

「せめて――そうだな、ひと月後に。来月の今日に、ここでまた会おう。煙草入れを渡すのは、その時に千早の気が変わっていなければ、だ」

言葉と同時に、朔は足を踏み出した。千早とお嬢様の間に、身体で割って入るように。

「……そんな。貴方、千早を言い包めるつもりでしょう？　それに、ひと月後だなんて。それじゃ――」

「こちらへの気遣いは無用。千早が来てくれて助かっているくらいなのだから。滞在が伸びたとしても何の問題もない。そちらはどうか、分からないが」

だから、朔の毅然とした背が、眉を逆立てたお嬢様の睨みつける眼差しから千早を守ってくれている。

「何が云いたいのよ……！」

吐き捨てると、お嬢様は悔しそうに唇を噛んだ。初夏の景色を陽炎のように揺らがせるのでは、と思うほどの怒気を漂わせる姿に、鈍い千早もさすがにおかしいと気付く。

（ひと月待てない事情が、お嬢様にあるの？　それとも花蝶屋に……？）

お嬢様は、それでは遅い、と言おうとしたのだと思う。

形見の煙草入れがすぐにでも必要な理由なんて、思いつかないけれど。売っても大した値段にはならないだろうし、何も入っていないのを千早自身が一番よく知っている。

（そもそも、持たせてくれたのはお嬢様なのに）

首を捻ったところで、千早は不意に思い当たってしまった。寿々お嬢様が、さっき、長いこと考え込んでいたことに。もしかしたら、あの時に何かを思いついたのだろうか。

(私が会いに来たから？　あれを使って、どこか余所に行ったと見せかける、とか……？)

でも、そんな策があるなら、教えてくれても良い気がする。では――

「千早も、それで良いな」

と、朔が不意に振り向いた。黒い水晶のような目に射貫かれて、千早は思わず息を呑む。

「わ、私、は――」

朔だけではなく、寿々お嬢様も鋭く彼女を見つめていた。

決定権が自分にあることに気付いて、千早は震え上がった。空には太陽が輝く初夏の陽気なのに、凍えるような思いさえ、した。

(楼主様とお嬢様……どちらかを選ばないといけないなんて)

ふたりとも、千早の大切な人、好きな人なのに。千早のことを考えてくれているのに。

肝心の煙草入れについては、というと――正直言って、どうでも良かった。

父はもちろん、千早は母の顔だってろくに覚えていないのだ。それならお嬢様に持っていてもらうほうが良いと、さっきまでなら考えていただろうけれど――

「あの。できればひと月後にしていただきたいです。その……必ずまた来ますから」

必ず渡します、と言えなかったところに、千早の迷いと疑いが出てしまっていただろう。

お嬢様の言動は、やっぱり不可解だった。申し訳ないとは思うけれど、何か変だと気付いてしまった。だから、さっきまでと同じように考えることはできない。

「……よく分かったわ。では、ひと月後ね。また会いましょう。……必ず、ね！」

寿々お嬢様が理解したのは、ひと月後の約束のことではない。千早の心の変化のことだ。

信用されていないと気付いて、お嬢様は深く傷つき、怒っている。

情念が燃えるような、お嬢様の暗い眼差しはとても怖くて悲しかったけれど。千早には何も言うことができなかった。

＊＊＊

寿々お嬢様の背中が隅田川の土手を遠ざかっていくのを見届けて、朔はまた千早の手を取った。さっきのお社までの道をたどりながら、ぽつりと呟く。

「余計なことを言ったな。花蝶屋の事情を聞くのが、先延ばしになってしまった」

お嬢様と対峙した時の、怖いほどの鋭さから一転して、今の朔にはどこかしょんぼりとした気配が漂っていた。

「そんな。私を思ってくださったんですよね。形見を手放さなくても良いように」

神様に肩を落とさせてしまっている、と思うと、千早の薄情さが申し訳ないくらいだった。朔が口を挟まなければ、彼女はあっさり形見を渡すことになっていたかもしれない。

（楼主様が気になさることなんて、ないのに。全然……！）

翳ってしまった月の美貌を輝かせたくて、千早はわざとらしいほど明るい声を上げた。

「見世のお客の噂で、また何か分かるかもしれませんし。ひと月なんて、きっとあっという間です。それだけあれば、もっとお役に立てるようになるかもしれません。月虹楼のお仕事はぜんぜん辛くなんかないし、お嬢様にまた会えるのを、楽しみに、していれば……」

明るく、気楽なことをしゃべっていたはずなのに。千早の声は震え、途切れてしまう。

「――千早？」

振り向いた朔が、驚いたように目を瞠ったのを見れば、彼女の顔もひどく強張っているのだろう。強がることもできない不器用さに絶望しながら。千早は切なく溜息を吐いた。

「……すみません。私……びっくりしているみたいです。お嬢様が――あの、あんなあんな風に、憎々しい目で睨みつけられるなんて。

（お嬢様に会うために、あからさまに何かを企んでいるような言動をされるなんて。

昨夜は攫われかけて。今日は、楼主様に付き合ってもらったのに）

恩ある人の様子を知りたい、きちんと別れの言葉を交わしたいと願っただけなのに。朔にも、月虹楼の面々にもたくさん気遣ってもらったのに。

どうして、こんなことになってしまったのだろう。

言葉を交わすうちに、ふたりはあのお社の石段の下に辿り着いていた。沈み込む思いで見上げる石段は、千早の目にはまるで険しい断崖絶壁のよう。肉体はさておき、今の千早は心が疲れ切っている。足を動かす気力をかき集めるのは一大事になりそうだった。

「千早が謝ることではない。あの娘が怒ったのは、俺のせいだ」

先ほど朔に対して思ったのと同じことを、彼は千早に言ってくれた。何が起きても彼女を庇ってくれる、その優しさこそが、彼女を居たたまれない思いにさせているのに。

でも――申し訳なく思いつつも甘えてしまうのだから、千早は狡い。

「情報を聞き出すなら、もっと言い方もあっただろうに。……悪手だったと、振り返れば分かるんだが。千早が傷つかないように、と思ったら――口が、勝手に動いていた。貴女がどうしたいかも、確かめずに」

なのに、朔が自分を責めるのはおかしなことだとしか思えなかった。

寿々お嬢様の様子を見れば、結局、朔の懸念が正しかったと分かるだろうに。

どうしたいか、なんて言われても、千早自身の望みなんて、まだ見つかっていないのに。

「私……そんなに危なっかしくて、頼りないですか」

だから、ささくれた気分になってしまうのもまた、理不尽でおかしなこと。

俯いた千早が漏らした呟きは、思いのほかに尖った響きになってしまった。

朔が当惑する気配を感じてどきりとするけれど、もう遅い。

(駄目、なんて感じが悪いことを)

でも、一度口に出してしまったことを取り消すことはできない。

「……違う。侮っている訳ではないんだ。見世のためだけでもない」

彼女の願いを聞き取ってくれた神様を、困らせたくないのに。恩知らずな振る舞いを、したくないのに。

朔は、眉を顰めて千早をどう慰めようかと考えてくれているようだった。

(私から謝らないと——)

綺麗な顔を曇らせてしまう居たたまれなさに、千早のほうこそ必死に言葉を探した。でも、朔が口を開くほうが、早い。

「そうだ。千早には、笑っていて欲しいんだ。俺に祈ってくれた人間だから。幸せになって欲しいし、守りたい」

何か大事なものを見つけた時のように、朔は嬉しそうに笑っていた。

空にはまだ太陽がいるのに、朧月が雲間から現れたかのような清冽な眩しさが、千早の目に染みた。そして彼の言葉が、彼女の胸に。

じんわりと広がるのは、温かい喜びと安堵。そして、痛み。朔が言ってくれたことは、どう考えても千早に相応しくはない。彼女が望むことでも、ない。

（どうして、そんなことを言ってくれるんですか）

朔の手が持ち上がって、彼女の髪を撫でてくれようとするのを感じて、千早はふるふると首を振った。

子供扱いは嫌だとか、触れられるのが恥ずかしいというのも、ある。でも、何より——

「守っていただくだけという、訳には」

千早が、朔を守りたい。彼のため、月虹楼に何かをしたい。

それこそが、やっと見つけた千早の願い。でも、どうすれば叶うのか彼女自身にも分からない。だから口にすることなどできはしない。

「とても良くしてもらっています。とても嬉しくて——楽しくて、幸せで。だから、私も何か——」

できることがあれば、と言い切ることはできなかった。

だって、朔は神様で、千早はただの人間の小娘なのに。

朔に気を回してもらわなければ、千早は嬉々としてお嬢様に形見を渡してしまっていただろう。そんな鈍さで、役に立てることがあるとは思えない。

「……千早」

ほら、朔はまた心配そうな表情を浮かべている。今度こそ、ちゃんと笑わなくては。

「す、すみません。何でもないです。あの……皆さん、楼主様を待っていますよね。早く、帰らないと」

「……そうだな」

朔はもの言いたげにしていたけれど、千早を刺激しないことを選んでくれたようだった。

ふたり並んで石段を上りながら、千早の胸も足取りも重かった、

（なんで私、あんなことを……）

守りたいという言葉は、嬉しかった。それも、あんな綺麗な笑顔で、とても嬉しそうに。

祈った、願ったということは、たぶんそれだけ朔にとって大事なことなのだ。

でも、人間に過ぎない千早には、同じようには思えない。いっぽう的に守られ与えられるのではなく――

（分からない。どうすれば良いの。何ができるの……？）

朔に聞かせられない溜息を呑み込んだ時――千早の頬を、何か冷たいものが撫でた。

ちょうど、石段を上り切ったところだった。現世とあやかしの世の境界でもあるのだろう。隅田川沿いの人の喧騒が、何かに遮られたように聞こえなくなっている。

あやかしの世は、常識では計り知れない不思議なことばかり。だから、たいていのことでは驚かなくなっていたつもりだったのだけれど。

「……雪？」

桜吹雪のように吹き付けるものの正体に気付くと、声を上げずにはいられない。

（もう夏になるのに、なんで⁉）

風に舞う白い欠片は、一見すると花びらのようでいて、手の甲で受ければすぐに溶けて水滴と化す。ひとつふたつなら物珍しく見ることもできたけれど、次第に数が増え、大きくなっていく。瞬く間に、千早と朔は吹雪の山中に佇むような格好になった。

単衣の着物の千早を身体で庇いながら、朔は手をかざして雪混じりの寒風の源に目を凝らす。

「見世のほうから吹いているな。急がなくては」

「は、はい！」

季節に合わない雪嵐は、やはりあやかしの仕業なのだろうか。

叩きつける勢いの雪の冷たさは、身を切るよう。いっぽうで、朔が触れたところは燃えるように熱い。相反する感覚に戸惑いながら、千早は足を急がせた。

五章　雪を溶かす温もりは

月虹楼（げっこうろう）は、降りしきる雪で紗（しゃ）を纏（まと）ったような姿になっていた。玄関周りは、すでにうっすらと積もった雪で白く覆われている。

月に雪と、字面だけなら雅（みやび）だけれど、薄着で積雪を踏むことになった千早（ちはや）には、雪景色を楽しむ余裕などなかった。

「楼主様ぁ！　千早も！」

「お待ちしておりいした！」

月輪に束稲（たばねいね）を染め抜いた暖簾（のれん）を潜（くぐ）るなり、瑠璃（るり）と珊瑚（さんご）の高い声が千早たちを出迎えた。

瑠璃は朔（はじめ）に、珊瑚は千早に飛びついたのは、たぶん霜の降りた廊下に素足をつけたくなかったのだろう。子猫だろうと子供だろうと、足の裏は柔らかなものだ。

「ああ。これは、六花（りっか）だな？　何があった」

瑠璃を抱えた朔に応じて、四郎（しろう）も見世の奥から駆けつけてきた。彼が両手に抱えた半纏（はんてん）を羽織らせてもらって、ようやく人心地がついた。

「それが、私どもにも何とも――」

四郎の人の好さそうな困り顔も、今は青褪めて、かたかたと歯を鳴らす音さえ聞こえてくる。そう、月虹楼の中でも雪はちらついて、廊下も凍てつく寒さだった。

（六花姐さん――雪女の？　こんなことまでできるの……!?）

夏に雪を降らせるなら、それは良い余興になりそうだけど。見世を雪に埋めてしまうのはどう考えてもやり過ぎだ。

「六花の座敷は、もう氷室のよう。氷漬けで襖も開きいせんよ」

「楼主様の狐火で、どうにかしてくだせんし」

震える千早が首を捻っていると、華やかな声がふたつ、白く塗られた見世に彩を添えた。雪の中でも香り立つような声の主は、もちろん芝鶴と葛葉だ。

「そうだな。本人を引っ張り出さないと話もできないか……」

朔は、真面目な顔で頷いているけれど。千早は御職のふたりの出で立ちに悲鳴のような歓声を呑み込んだ。

（尻尾！　とてもふわふわで柔らかそうで温かそう……！）

芝鶴花魁は、焦げ茶色。葛葉花魁は、稲穂のような金色。ふたりが首に巻き付けた豪奢な襟巻は、考えるまでもなくそれぞれの本性を表している。

季節に合わない寒さに、ふたりは尻尾だけを現して立ち向かっているのだ。

（……良いなあ。触らせてもらえないかしら……）

見世の二階の六花の座敷を目指して階段を上がりながら、千早はこっそり狸と狐の尻尾を眺めた。抱き上げたままの珊瑚の耳がぴくぴくして千早の鼻先をくすぐるのは、同じことを考えているのかもしれない。

二階の廊下は、一階にも増して厚い雪と氷に覆われていた。

（うう、冷たそう……！）

首を竦めて身体を縮めて、足は丸めてできるだけ床に触れないようにして。そろそろと進む千早たちの前に、小さな人影が飛び出した。

「あ、あの。狐火を使うのはお待ちくださんし」

雪の結晶模様の振袖を纏った少女は、確か座敷童だった。六花に仕える禿でもある。

「六花姐さんは、人のお客のお相手をなさんしておりいした。楼主様の狐火に、人は耐えられぬやも……！」

その禿の頬が真っ白だったのは、寒さだけが理由ではなかっただろう。姐花魁の客を案じる必死の思いを感じ取って、千早たちは顔を見合わせた。

千早が月虹楼に来て初めて、内所の長火鉢に火が入った。頼もしい温もりを囲みながら、朔や、見世の主だった面々が難しい顔を並べている。

「雪女は、情が深いですからねえ。凍らせて手元に置きたいお客が現れたんですかねえ」

しきりに手を擦りながら呟いた四郎に、けれど御職の花魁たちは首を傾げる。

「いかがでありんしょう。だって、六花には情人がおりんすもの」

「情が深いからこそ、浮気などはあり得えせんよ」

犬猿の仲というか、水と油の仲のはずのふたりが口を揃えるのは珍しい。ならばそうなのだろうと、信じたいところではあるけれど――

「あの。では、六花姐さんはどうして月虹楼にいらっしゃるんでしょうか……？」

今の明治の御代で、人のお客が月虹楼を訪ね始めたのは千早が来てからのつい最近のことだという。ならば、六花の情人というのもあやかしなのだろう。

（月虹楼は、好いた相手がいる女を縛り付けるような見世ではないはずなのに）

葛葉と里見の場合は、花魁の華やかな暮らしを捨てる気がない葛葉に、里見のほうが付き合っていたようだった。六花の相手も、客として通う関係で満足しているのだろうか。

千早の疑問に、朔は長い睫毛を切なげに伏せて答えた。

「ああ――六花の想い人は、月虹楼の客だったんだ。百年も前の、な」

そうして朔が語ったのは、東京が江戸と呼ばれていたころの恋の話だった。

人の世の吉原から月虹楼に迷い込んだのは、ひとりの絵師。六花の涼しげで神秘的な姿に惚れ込んだ彼は足しげく登楼し、彼女も絵師に心を寄せた。

「この世のものとは思えぬ美女」を描いた絵師の作品は飛ぶように売れたし、季節を問わずに六花が降らせる雪は彼に大いに刺激を与えた。

舞い散る桜の花びらと重なる粉雪。花火を彩る雪の結晶。花も蝶も紅葉も風鈴も、氷を透かして見るとまた風情が変わって見えて。話を聞くだけでも、それは美しい光景であり、見事な絵だったのだろうと千早にも分かる。

「でも――その人は人間だったんですよね？」

「そうだ。だからもう、姿を見せなくなって久しい。だが、六花は待っているんだ」

人とあやかしが同じ時を生きられないのは、六花も分かっているだろう、と朔は語った。それでも、思い出を抱いて雪山に帰るのは寂しくて、せめて絵師と過ごした月虹楼に留まって幸せな日々を偲んで生きるのだろう、と。

「寂しいことですよねえ。六花さんがその気になれば、人でもあやかしでも惚れない男はいないでしょうに」

見世の者もよく知る話なのだろう、長火鉢を囲んだ面々も一様に神妙な顔つきになっていた。六花の過去は悲しくて切なくて――そしてだからこそ、今の状況が不思議だった。

「だから、新しい人を見つけたんなら、良いことかも、と思ったんですが」

「あり得えせんと言うておるに。六花が心変わりするはずはない」

「そうねえ、お客が何か無礼をしたというほうが、よほど」

かつての情人が亡くなっていると知った上で、六花の内心に立ち入るのは憚られる。そもそも、凍った襖越しに呼び掛けても六花は返事をしないのだとか。とはいえ、寒さも耐え難い――というわけで、四郎たちは朔の帰りを待っていたのだそうだ。

「だから楼主様、お客ごと炙ってしまって良いのでは？　このままでは寒くて敵いせんし、夜見世だって開けえせん」

「え――あの、まずは六花姐さんともう少し話してみたほうが……」

このままでは困るのはまったく同感として、芝鶴の提案もかなり乱暴に聞こえた。千早は思わず声を上げたけれど、葛葉までもが不仲のはずの競争相手に同調してしまう。

「手をこまねいておれば、結局、客も凍え死んでしまいんしょう。髪が焦げるくらいで済むなら僥倖と思うてもらわねば」

葛葉の指摘も、言われてみればもっともなことだった。

「俺の狐火でどこまで加減できるか――だが、やらなければ、か」

朔も、腕組みをして難しい顔をしている。

願いごとをしたというだけで千早をあれほど大事にしてくれる「神様」のこと、人を傷つけたくないのだろう。見世の一員である六花についても、言うまでもない。

（楼主様も、皆さんも困っている――）

これだ、という直感が、雷のように千早を打った。ほとんど考える間もなく、口が動く。

「わ、私が、何とかしてみます！」

威勢の良すぎる啖呵だった。そうと気付いたのは、朔の、四郎の、花魁たちや禿たちの。驚きの視線を一斉に浴びてからだった。どうやって、と問い詰められているようで、千早はすぐにしゅんと肩を落としてしまう。でも、一度言った言葉を撤回したりはしない。

「あの、絶対に……では、ないんですけど。こういうことは……強引じゃないほうが、良いと思うんです」

何かで塞ぎこんだ女が閉じこもるのは、花蝶屋でもままあることだった。六花はあやかしだから大事になってしまっているけれど、本質はそう変わらないはず。無理に引っ張り出しては、しこりが残る。そのていどのことは、千早もよく知っていた。

＊＊＊

半纏を何枚も重ね着して、千早はひとり、六花の座敷の閉ざされた襖の前で正座した。大人数では六花も話し辛いだろうから、朔たちは廊下の陰から見守ってくれている。

「六花姐さん。あの。昨日は氷を造っていただき、ありがとうございました」

いまだ廊下に吹き荒れる雪の嵐が、剝き出しの頬や首を叩くけれど、おくびにも出さない。あくまでも昨日のお礼の体で、千早は明るい声を作った。

「雪女って、すごいんですねえ。夏に氷が食べられるなんて思ってもみませんでした」

「千早、ね？　何しに来たの。楼主様に言われたの？」

凍った襖の向こうから、六花の声が届く。操る氷雪に相応しい凛と澄んだ声は、不審と戸惑いに揺れている。千早に何の魂胆があるのだろうと、警戒しているのだろう。

もっともな疑いではあるけれど。千早は、相手には見えないのを承知で首を振った。よく知らない小娘からの詮索なんて、喜ばれないに決まっている。

「お礼をお伝えしたかっただけです。朝のうちに思いつかないで、失礼いたしました」

「ううん。大したことないの。……千早は人間だから寒いでしょう。加減してあげるわ」

今の事態を問い質す気配がないと分かったのか、六花は少しだけ声を和らげた。

同時に雪が止んだから、千早の呼吸が少し楽になった。それでも吐く息は真っ白だけど。肺が痛くなるのを感じながら、千早は慎重に言葉を選んだ。

「あの、お客がいらしてると聞いたんですけど。お客様には——火鉢とか燗のお酒とかお布団とか、いらないでしょうか……？」

控えめな問いかけに、襖の向こうから返ってくるのは冷ややかな沈黙だけだった。

(早まった……!?)

凍らせた客を解放しろ、という要求に聞こえてしまったのかもしれない。雪が止んでもなお、凍てつく廊下の床からは冷気が伝わってくる。心も身体も震えながら、それでも千早が待っていると——苦笑のような溜息のような気配が冷えた空気を微かに揺らした。

「楼主様も姐さんたちも、困ってる、のよね。ひどいわね、新入りを矢面に立たせて……！」

「違います！　私が勝手に心配したんです。六花姐さんが、何か悲しいことがあったんじゃないか、って」

「悲しい？　千早、あたしが怖くないの？　雪女は人間を氷漬けにだってできるのよ」

襖の向こうで、六花が目を瞠っている姿が見える気がした。

真っ白な肌に黒い髪と目が映える六花は、初雪の化身のような清らかな美しさだ。そんな人、というかあやかしが閉じこもってしまったなら、恐れるよりも何があったかと心配になるものだろう。ここぞとばかり、千早は身を乗り出した。

「人間の女だって、できるなら氷室に閉じこもったり、狐火で何もかも燃やしたりしたい気分になることはありますよ。前の見世の姐さんたちが、そうでした」

花蝶屋の女たちも、客が来ないとか振られたとか、あるいは実家で不幸があったとかで塞ぎこんだり、物や人に当たったりしていたものだ。

それを宥めるのも千早の役目のひとつだった。月虹楼でも、同じことができるかもしれない。さっきはそう、思いついたのだ。

「私は、何の能もない雑用係で下っ端で居候ですけど……でも、だからこそ、壁だと思っていただけたらなあ、って。壁相手なら、何を言っても良いでしょう？」

こういう時に必要なのは、何を言ってもうんうんと頷く相手なのだろうと思う。何をすべきだとか、何がいけなかったとか、そんなもっともらしいことは求められていない。

千早にできるのは、いつでもふんわりと――へらへらと――笑うことだけで。暖簾に腕押しとでも思われたのかもしれないけれど。姐さんたちは、泣いたり怒鳴ったりするうちに、やがてすっきりとした顔になってくれたものだ。

「でも、寒いでしょうに」

「六花姐さんは、ものを投げたりしませんよね？　寒いだけなら、我慢できますから」

見世の空気の違いもあるのだろうけれど、六花がほんらい優しい質なのは、昨日の氷の件からも明らかだ。だって、ほら。千早の身を案じたのか、空気の冷たさが少し和らいだ。六花が心を開いたのを、示すかのように。

だいぶ耐えやすくなった寒さの中、千早が待っていると――小さい溜息が聞こえてきた。

「あたしねえ、最初はあの人が帰って来てくれたと思ったのよ。だって、あの根付を持っていたんだもの」

その根付とは、六花の想い人が意匠を考えたものだったという。六花が作った雪の結晶を焼き付けた、七宝細工の。黒い布に雪片を降らせて、ふたりで覗き込んでどれが良いかを囁き合い、笑い合った。

（大切な、思い出の品なのね……）

六花がうっとりと語る声音は甘く、さぞ美しい細工なのだろうと思わせる。
忘れがたい品だからこそ、昼見世にふらりと訪れた客が、懐中時計に提げていることに、六花もすぐに気付いたのだ。

「それ、って。指さしたら『この人』は笑ったわ。綺麗だろう。ひい祖父さんの持ってた品なんだ、って。『あの人』にそっくりな顔で、そっくりな声で……！」

この人、あの人と紡ぐ時、六花の声には雪女には似合わぬ熱が宿った。きっと、座敷の中で客の頬を愛おしげに撫でているのだろうと容易に目が浮かぶ。

四郎が言っていた通り、雪女は情が深いのだろう。百年間も、同じ人を同じ想いで慕い続けるほどに。とうに亡くなっていると、目の前にいるのはその人の血を引いた別人だと、頭では分かっていても心を制御することができないほどに。

もしかしたら、六花は時を凍りつかせたいと思ったのかもしれない。愛した人と、思い出の品とを、そのままの姿で手元に留めることができたら、と。月虹楼を見舞った季節外れの大雪は、六花の心の表れなのだろうか。

でも、それは叶わないということに、六花はたぶんもう気付いている。

「あたしに構って老いていくより、人間の女と一緒になったほうがきっと幸せだったわ。子や孫やひ孫までできて――あたしは喜ぶべきだったのよ」

「それは、悲しかったですね」

好いた相手がほかの女と結ばれたのを、良かった、と思える六花はやはり優しい。でも、声の底には寂しさや悲しさが滲んでいたから、千早はその思いを汲み取った。できる限りさりげなく、押しつけがましくならないように。

「そう……あの人、ほかに女がいたのよ。今になって知るなんて、ね」

六花が微笑む気配がしたから、相槌としては成功していただろうか。

「雪女はね、好いた男に裏切られると凍らせてしまうの。でも、『この人』は『あの人』じゃないのよね……」

六花の客は、寒さで凍りついているのだろうか。その男の目を閉じた顔を見下ろして、六花は迷う気配を漂わせ始めた。千早はここぞとばかりに身を乗り出した。

「ひいお祖父さんと同じように、姐さんに夢中になりますよ」

「そうかしら」

「そうですよ！」

「そうして、またあたしを置いていってしまう？」

「それは――」

打ち解けたやり取りにできたと思ったのも束の間、きわどい問いかけに千早は絶句してしまう。でも、六花はすぐに軽やかに声を立てて笑った。

「冗談よ。そうね、馴染みになってもらって……『あの人』のことを聞かせてもらおう」

ぱきん、と。澄んだ音が響いたかと思うと、六花の座敷の襖が開いた。襖を閉ざしていた雪と氷が砕け散った音だったのだ。

「あの、六花姐さん――」

雪の結晶模様の着物の裾が千早の視界に入る。いまだに雪が残った見世の中、その模様はひと際寒そうで冷たそうで――でも、細かな氷が輝く煌めきで、とても綺麗。

「心配かけてごめんなさいね。お客のために、お湯を沸かしてくれるかしら」

千早を見下ろして微笑む六花も、冬の晴れ間の太陽のように眩しくて綺麗だった。

「は、はい――」

「千早！　六花！」

呆然としながらも頷きかけた千早を、朔の慌てた声が遮った。廊下の陰からでも、雪が止んだのが分かったのだろう。呼ばれた六花は、朔にも笑みを向ける。

「楼主様も。ご迷惑おかけしました。降らせた雪はすぐに収めます。――でも、新入りの、それも人間の千早を矢面に立たせるのはいかがなものかと？」

丁寧に頭を下げた後の六花の声は、北風のように冷たくて、少し怖い。どうやら千早を心配してくれたようだけれど、でも、それは誤解なのだ。

（私が、自分から言い出したのに……！）

口を挟むべきか、それともまずは立ち上がるべきか。千早が決めかねている間に、朔は決まり悪げに俯いたようだった。

「……お前に狐火を使いたくなかった。かといって客の安全のためには時間をかけて説得することもできなかった。だから一縷の望みをかけて、というやつだった」

「さようでしたか。千早が聞き上手でようございました」

苦渋の決断だったと伝わったのか、客を凍らせてしまったことへの負い目からか、六花はすぐに頷いた。

「ああ。本当に」

朔が息を吐いたと同時に、千早もほっとする――ことができたのは、一瞬だった。

「――さあ千早、早く立って」

優しい声が降ってきたかと思うと、千早は朔に助け起こされて、彼の腕の中にいたのだ。

「あのっ、楼主様……!?」

もちろん、慌てて逃れようとするけれど、凍えた身体は上手く動かない。なす術もなく、千早は強く、抱き締められた。冷え切った頬に血が上って、痛痒い。

「――すまなかった」

「い、いえっ！　私が、無理やり――」

決して、危険な役目を押し付けられたわけではないのだと。六花に伝えるためにも、千早は懸命に舌を動かした。でも、朔はゆるゆると首を振る。

「先ほどのことも、合わせてのことだ。貴女を守りたいなどと言った——あれは、なんと傲慢だったことか。生身であやかしに対峙する、千早はこんなにも強いのに」

「そんな、ことは……」

ない、と言い切ることはできなかった。凍えた身体に感じる朔の温もりは、それこそ狐火で焼かれるように熱かったから。神様に謝っていただくなんて、恐れ多いとしか思えなかったから。それに、何より——

（わ、私が強い⁉　どこが……⁉）

襖越しに少し話をしただけなのに。いったい朔の目には何が映っていたというのだろう。

おずおずと見上げてみれば、黒曜石の瞳が間近に煌めいていて、まともに見つめ続けることなんてできそうにない。かといって下を向こうとすれば、朔の胸に縋りつく格好になってしまう。

（どうしよう……どうすれば良いの⁉）

混乱の極致で足もとがふらつく千早を、朔はしっかりと抱き留めてくれる。それによって千早の身体はますます熱くなる。雪が溶けるのではないかというくらいに。

「あ、あの。楼主様。あの……っ」

離してください、と言いたいけれど、ひとりで立てるか覚束なくて。そして、名残惜しくて。しどろもどろの千早を遮って、凛とした涼やかな声が響く。

「千早も早く湯を浴びなんせ。そのままでは風邪を引いてしまいんしょう」

「楼主様も。千早が茹でた蛸のようではありいせんか」

葛葉花魁と、芝鶴花魁の声だ。前者は呆れた、後者は面白がる調子で。

「あ、ああ。そうだな」

そして朔は、なぜか慌てた様子で千早を自身の胸から引き剝がした。それでも両手は、彼女の肩に置いたまま。優しい眼差しが、微笑みかけてくれる。

「千早。よくやってくれた。ありがとう」

神様は、雪や氷に寒さを感じたりしないのだろうか。ほんのりと桜の色に染まった朔の頬は温かそうで、千早の凍えた手足も溶かしてくれそうだった。

(褒めてもらえた。よくやったって——役に立てた！)

喜びと高揚が、千早の胸にじんわりとした熱として広がった。

「……はい！」

千早の返事も明るく弾んで、氷を緩ませるのに一役買ったことだろう。

＊　＊　＊

六花の一件以来、千早の月虹楼での役目は少し変わった。

もろもろの雑用を何でも引き受けるのは、これまで通り。けれど、何かにつけて、あやかしたちが彼女を呼ぶようになった。

「姐さんに叱られてしまったの。まだ怒っているか聞いてくれない？」

「お客からの手紙、一緒に読んでくれないかねえ。ひとりだと気恥ずかしいだろう？」

「千早さん、表に活ける花を選んでくださいよ。千早さんなら葛葉さんも芝鶴さんも納得してくれますからねえ」

他愛のないことや、ちょっとした仲裁や伝言。中には、少々背筋が伸びる頼みごともあったけれど。あやかしたちは、千早をいっそう受け入れて、心を許してくれたようだ。

（たぶん、新入りの人間だから良いのね……？）

六花が雪を弱めてくれたように、か弱い人間の小娘にあやかしの力を振るうのは大人げない、というような気分があるのではないかと思う。千早を盾にすれば何かと言いやすいし折れやすいし、気安くもある——と、そんなところだろう。

寿々お嬢様と再会するまでの一か月を指折り数えて待つのは、楽しみであると同時に不安でもあった。お嬢様が何を企んでいるのか、考えないわけにはいかなかったから。

でも、あやかしたちに頼られる喜びとやりがいが、千早の心の揺れを宥めてくれた。

約束の日を数日後に控えたある日のこと。内所で帳面をめくる朔に茶菓を供したついでに千早はさりげなく言ってみた。

「雑用係の居候も、堂に入ってきました、よね？」

「居候、か――」

そして、朔が整った眉をわずかに寄せたのを見て、しょんぼりとしかけた。調子に乗り過ぎて、呆れられたかと思ったから。

「謙遜し過ぎだ。千早がいるから見世が上手く回ってるのに」

でも、朔は真剣そのものの顔で、とても嬉しい言葉を言ってくれた。空いた盆を胸に抱えて、目を丸くするのは、今度は千早のほうだった。

「そんな。私は皆さんの話を聞いてるだけで」

大したことではないと、言おうとしたのだけれど。白く滑らかな手指で湯呑を持ち上げた朔は、優雅な所作で首を振った。

「あやかしの話し相手はそう簡単なことではない。あちこちに目を配ってくれて、心を砕いてくれて。……この見世に内儀がいたら、こんな感じかと――」

湯のみに唇をつけようとしたところで、朔は固まってしまった。千早も同様だ。立ち上がることもできず、半端な姿勢で凍りつく。

朔が自然に漏らした言葉は、それだけ聞き流せないものだった。

（内儀？　内儀って言ったの、今⁉）

内儀は――つまりは、楼主の妻ということだから。

月虹楼に美しい女は数多いて、誰もが朔を慕い敬っているけれど、彼の隣の席を占めるものはいない。あやかしは神様の伴侶にはならないのだろう。それなら人間も同じはずだ。

（それくらい頼ってくれる、ということ……？）

最大限に図々しく都合よく解釈したとしても、そういうことだろう。あやかしの女たちに比べれば千早の顔は平凡そのもの、朔に釣り合うとは思えない。

「あの、楼主様」

「あ、ああ」

胸はどきどきしているし、顔もきっと真っ赤になっている。それでも、冗談ということにして流してしまおうと思うのに、朔もなぜか挙動不審だった。湯呑を卓に置こうとした手元が狂ったのか、倒して盛大に零してしまう。

「あ、拭かないと――」

「すまない――」

拭くものを探す千早と、湯呑を起こそうとする朔の手が、触れた。熱いものに触れたかのように互いの手が跳ねて、反動で身体の均衡を崩してしまう。

「きゃ……っ」

「だ、大丈夫か」

ふたりしておろおろとして、どうにか支え合った時──慌てた響きの声が響いた。

「──楼主様！　大変ですよ！」

いつもの黒い羽織をなびかせて、内所に飛び込んできたのは、番頭の四郎だった。今はのっぺらぼうではなく、人の良さそうな顔立ちが焦りの表情を浮かべている。

「──四郎。何かあったのか？」

朔が座り直した隙に、千早も布巾を見つけて卓を拭いた。帳面は幸いに無事だった。

（四郎さんがこんなに慌てるなんて……）

花蝶屋の追手も軽くいなした彼なのに。嫌な予感に千早の胸がちくりと痛む。

「ええ、まあ。良からぬお客様というか──いえ、登楼するお客様ではないんですが」

朔の正面に正座した四郎は、軽く汗までかいていた。あやかしでも汗をかくことがあるのだと、千早はこの時初めて知った。

「怪しい方々が見世の周りをうろついていましてねえ。花魁たちも落ち着かないので、どうしたものか、と……」

案の定、なのかどうか。額の汗を拭いながら四郎が口にしたのは、だいぶ不穏なことだった。

（怪しい人たち……？）

先ほどのやり取りを思い出して照れる余裕もなく、千早は朔と顔を見合わせた。

六章　千早の秘密

月虹楼の周辺——吉原のようでいてそうでない街並みが、蜃気楼のように連なる界隈——を、確かに不審な人影が行き来していた。

黒っぽい洋装に身を包んだ男が、三人。

空にはいまだ太陽が輝いているから、吉原の客が紛れ込んだにしては時刻が早い。遊興の予感に顔を緩ませるでもなく、真剣な面持ちで囁き合う様もいかにも怪しい。しきりに左右を見回しているのは、何かを——あるいは、誰かを探しているのだろうか。

月虹楼を出て、人の世のものともあやかしの世のものとも知れない建物の影に隠れた千早は、四郎にそっと問いかけた。

「あの人たちは……まさか、私を狙って……？」

「月虹楼に御用がある人間は、そうはいませんからねえ。花魁たちも、明治の代に通い詰めるような客にはまだ心当たりがないそうで」

六花のかつての情人しかり、江戸の御代なら、月虹楼に通って身を持ち崩す男はきっと多かったのだろう。けれど、明治の御代になってからは、月虹楼は普通の人間には見えない時期が長かったそうだ。だから「まだ」なのだろう。

ならば彼らが用があるのは、やはり千早である可能性が高そうだけれど――

「でも、どうして私がここにいるって分かったんでしょう。それに、並みの人間は界の狭間を越えられないんですよね？　寿々お嬢様も、月虹楼の場所までは知らないですし」

「あー……それは、ですねえ」

四郎が、例の福々しい笑みを微妙に引き攣らせた。言い淀む彼に代わって、千早と同じく潜めた声で、朔が応えてくれる。

「里見の差し金だろうな。千早の身柄を欲している者に、月虹楼のことを教えたのだろう。あやかしの仲立ちがあれば、人間も『入って』こられよう」

朔に言われて思い出すのは、千早の手を強引に引っ張って攫おうとした狐のあやかしのことだ。月虹楼の馴染み客には珍しい、びしりと決まった洋装の。それに、ふさふさとした尻尾が見事だった。

（あの人が、そんなことを……）

怖い思いをさせられた人（あやかし？）ではある。でも、明治の新しい世に馴染んだあやかしだと、朔は認めるような口振りだった。

それに、あの尻尾は猫の禿たちにも似てとても可愛かった。だからだろうか、黒衣の三人の狙いが知れない不安はあっても、里見を嫌う気には、不思議となれない。

「ええ、花魁たちも同じ見解で。芝鶴さんが葛葉さんを揶揄うものだから、禿たちなどは震えておりますよ」

「あ――そ、それは確かに大変ですね……」

四郎が大変だ、と言ったのは、不審者ではなく花魁たちの睨み合いのことだったらしい。お狐さんのやることは云々と、芝鶴花魁は葛葉花魁をちくちくと刺しているのだろう。それを笑って流せる葛葉でもなし、御職の花魁同士のひりついた空気に、珊瑚と瑠璃の耳も尻尾も、ぴんと立ってふるふると震えているに違いない。

見世の中の情景を思い浮かべて、千早は震えたのだけれど。朔は、おかしそうにくすりと笑った。そして、堂々と足を踏み出して物陰から離れてしまう。

「ならば、早く宥めないといけないな」

「楼主様……？」

不審な男たちが目と鼻の先でうろうろしているのに、思わず上げた声は思いのほかに大きくて。千早は慌てて自分の手で口を塞いだ。そんな彼女に四郎が見せた笑顔は、どこか得意げで誇らしげだった。

「心配無用ですよ。狐や狸に化かされて、ひと晩中同じ場所を歩き回っていた――なんてよくある話でしょう？　まして、楼主様なら……！」

「だが、手を打つのが遅れたら見世が見つかっていたかもしれない。だから四郎はよく報せてくれた」

どういうことか、と。目を瞠る千早の前で、洋装の男たちは朔と紙一重のところですれ違った。朔の美貌に驚くでもなく、道を尋ねようとする素振りさえなく。息遣いが聞こえてもおかしくない距離なのに。彼らは、きょろきょろと首を振りながら通り過ぎていった。

（見えていないの……!?）

千早も、恐る恐る朔に続いて広いほうへと出てみる。と、踵を返した男たちと顔を合わせることになってぎょっとする。

でも、確かに目が合う距離だったのに、彼らは千早に反応しなかった。彼女を透かして、その後ろの景色しか目に入っていないかのように。

千早のほうこそ、狐に抓まれたような心地、というやつだった。

それでも隠れるもののない頼りなさが怖くて、千早は朔の袂をそっと引いた。彼も心得たように頷くと、人差し指を唇に当てて、密やかな足取りで月虹楼へと戻る。

月輪に束稲の暖簾を潜るなり、高い声が千早たちを出迎えた。

「楼主様あ、早う！」

「どうか助けておくんなんし」

ぱたぱたと軽い足音を響かせるのは、禿の瑠璃と珊瑚だ。大きな目が潤んでいるのは、予想通り、睨み合う花魁たちの間に挟まれて生きた心地がしなかったからだろう。

内所には、かつてないほどあやかしが詰めかけていた。邪魔になるから長火鉢が隅に寄せられてしまったほどだ。

いつもの紬を着流した朔に、汗を拭ってひと息吐いた四郎。

彼らに対峙して端座するのは、葛葉花魁と芝鶴花魁。夜見世の時のように髪を高く結ったり着飾ったりはしていないけれど、咲き誇る大輪の花を思わせる美貌が並ぶと近寄り難くて圧迫感がものすごい。

朔たちと花魁たちの間で、千早は精いっぱい首を竦めて身体を縮めていた。

瑠璃と珊瑚は茶菓子を運んで忙しく立ち回るし、お針のふたりや若い衆も廊下で聞き耳を立てている。座敷持ちの女たちも、物見高く二階から降りてきている。

月虹楼の全体が集まってきているかのような熱気は——もちろん、見世の周囲をうろつく不審者にどう対処するのかを、誰もが気に懸けているのだ。

口火を切ったのは、芝鶴だった。ふっくらとして艶めかしい唇から、ほう、と悩ましげな吐息が漏れる。

「楼主様の術で、不埒者が見世に入り込む隙はございんせんが。——夜になっても帰らなんだら、お客人のためにも手を打たねばなりいせんなあ」

そう、今は良くても、問題は日が暮れてからのことだ。客が訪れてからも幻術とやらを施したままにしたら、月虹楼の商売は上がったりになってしまう。かといって術を解いたら、あの男たちが客に絡んだり、見世に押し入ろうとしたりするかもしれない。

「あ、あの——すみませんっ」

畳に額をこすりつけんばかりに頭を下げて、低い位置から見上げると、芝鶴はふわりと優しげな微笑で千早を見下ろしていた。

「おや、千早。なぜに主が頭を下げるのだえ」

でも、口元ほどには目が笑っていない。見間違いようもなく滲む、じわじわと真綿で首を締めるような凄みに気付かないほど、千早だって鈍くはない。

どういうことか説明しろ、ということだと察して、千早の背を冷や汗が流れた。

知らない、気付かない振りで、何が起きているか分からない、という顔ができたら、どれだけ気が楽だろう。

でも、それは卑怯なこと。花魁の目は誤魔化せないし、それどころか、もっとも怒りを買う振る舞いだろう。だから精いっぱい真摯に、分かっていることを伝えるしかない。

「たぶん、外の人たちの目的は私です。あの、先日の里見様という方の話だと、大金を積んででも攫ってでも私を捜している人がいるみたいで、だからきっと——」

「まあ、かような貧相な小娘相手にそこまでするとは、奇特な人もあったもの。わっちこそ手管を教わらねばならぬなあ」

月とすっぽん、は芝鶴と千早を引き比べた時にも当てはまる。容姿にしても、立ち居振る舞いにしても。

千早が芝鶴に何か教えるだなんて。あからさまな皮肉が、鋭く胸に刺さって痛い。

（当然、よね……厄介ごとを招き寄せた、疫病神なんだから……）

きっと、調子に乗ってしまっていたのだろう。狙われる身であることを忘れて、頼られていい気になっていたのだ。情けなくて申し訳なくて、千早は唇を強く嚙み締めた。

「……お騒がせして、ご迷惑をおかけして申し訳ありません。あの、やっぱり私――」

「出ていく、などとは許しいせんぞ」

震える声での口上は、けれど凛として鋭い声によって遮られた。

「葛葉姐さん、でも」

薄化粧を施しただけの葛葉は、夜見世の時のようにまだ目元を染めてはいない。けれど、月虹楼の御職の花魁は、紅に頼らずともくっきりとはっきりと、とても力強い眼差しをしていた。柳眉を逆立て、唇を軽く歪めた怒りの表情さえ美しい。

「わ、私が出て行けば――」

良いのでは、と。言い切る前に、千早の舌は葛葉の鋭い視線によって縫い留められた。

「狸めの策に乗るでない。主を脅かして、わっちを居たたまれなくさせようという企みなのでありんすもの……！」

「……え？」

葛葉が睨むのは、千早ではなく芝鶴だった。

間の抜けた声を上げた千早を余所に、葛葉は抜き身の白刃を突き付けるような殺意というか闘気を込めて、競争相手の花魁を睨めつけている。

とても綺麗で、とても怖くて――でも、芝鶴はおっとりと優雅に微笑むばかりだった。

「おや、お気づきでありんしたか」

しかも、ごくあっさりと認めたものだから、千早は目を剝いてしまう。

月虹楼に不埒者を呼び寄せてしまって、身を縮めていたところだったのに。

恐る恐る、左右に視線をさ迷わせてみると、朔も四郎も口元を押さえて肩を震わせている。悪戯を成功させるために、知っていながら必死に笑いを堪える子供の仕草だ。

（このおふたりが、こんなことするんだ……!?）

分かっていなかったのは千早だけだったらしい。葛葉も芝鶴も、もはや彼女には目もくれずに火花を散らしている。というか、葛葉がいっぽう的に怒りの炎を噴き上げている。

「気付かずにはいられえせん！　里見のしでかしたこと、わっちは忘れておりいせん。どうせ、外の者どももアレに耳打ちされたのでありんしょう。同胞の仕業を捨て置けるほど、わっちは恥知らずではござんせん！」

「みゃっ」

「ふにゃあ」

響き渡る怒声に、空いた湯呑を下げようとした珊瑚と瑠璃の耳がへちゃりと垂れた。

花魁の勘気に巻き込まれるのを恐れてか、大急ぎで退出するふたりの尻尾のすぐ横を、葛葉の白い素足がどん、と踏み鳴らす。芝居で見得を切るような大仰さと勢いと、それに何より流れるような綺麗な所作で、葛葉は朔の目の前に正座し直した。

「楼主様、まやかしの術を解いてくださんし」

千早の座った場所からは、もはや葛葉の顔は見えなかったけれど——声音は、ひどく真剣な響きを宿していた。

（え、でも、そうしたら——）

あの男たちが、月虹楼に立ち入ってしまう。

あやかしたちがただの人間に後れを取ることもないのかもしれないけれど。でも、だとしたら、心配すべきはむしろ男たちのほうかもしれない。

（ま、まさか食べてしまうとか……⁉）

見世には、鋭い爪や牙を備えたあやかしもいる。

普段は、彼女たちの妖しい魅力を引き立てる、変わった装身具でしかないけれど、もちろん「普通に」使うこともできるのだろう。

「あ、あのっ」

たとえ不審な者たちだとしても、そこまでの仕打ちを受けるのは気の毒すぎる。千早は慌てて腰を浮かした、のだけれど――

「葛葉はそう言うと思っていた。俺は気にする必要もないと思うのだが――奴らの狙いを聞き出せることができれば、お前の胸も晴れるだろうか」

朔の言葉を聞いて、早とちりに気付いて慌てて座り直した。物騒なことを考えたのは彼女だけで、朔も葛葉も、ごく当たり前に彼らに目的を問い質そうとしていたらしい。

「さて、それは分かりいせん。児戯に等しいことでありんしょうから。それで埋め合わせになるかどうか――したが、わっちがやらねばなりいせん」

問い質す、というか――花魁の手練手管で口を緩ませる、ということになるのか。

(葛葉姐さんなら、確かに簡単、なのかしら……？)

でも、いかにも後ろ暗いことがありそうな彼らが、すんなりと教えてくれるだろうか。いや、そんなことを言ったら葛葉はまた眉を吊り上げてしまう。千早が何も言えずに目を白黒とさせていると、芝鶴がさらりとした笑顔でまだ火種を放り込む。

「では、わっちも加勢いたしんす。……葛葉さんは気が強うて怖いもの。ほら、昨今は飴と鞭とか申すのでござんしょう？『甘い』、わっちがいたほうが――」

「ま、狸めがまた偉そうに……！」

案の定、葛葉は勢いよく振り返った。きっ、と鋭い眼差しを、柳に風と受け流して、芝鶴はころころと鈴を転がすように軽やかに笑う。

「ほれ、この通りなのだもの」

千早の耳に口元を寄せて囁く芝鶴の笑みは、柔らかだった。皮肉の棘も不快の毒も、微塵も見えない。それは、花魁の演技が優れているからだけではない、のかもしれなかった。

(葛葉姐さんを揶揄っただけ、なの……？　本当に……？)

ひと芝居が済んだら意地悪は終わり、ということなのか。まるで、心配いらないと言われているようで――もしかしたら、千早に対して含むところはなかったり、するのだろうか。葛葉も、怒りの矛先を向けているのはあくまでも里見に対してのような。

(楼主様も、ご承知で……？)

だから笑って見ていたのか、と。千早のもの問いたげな面持ちに気付いたのだろうか、朔は笑みを深めて頷いた。

「ちょうど良かったな。あの寿々という娘に会わなくても済むかもしれない」

「え、ええ……？」

楼主だけあって、朔は御職の花魁の美貌にも手管にも絶対の信頼を置いているようだ。

「千早は見世のために頑張ってくれている。六花の時に真っ先に立ち上がってくれたこと、皆、ちゃんと覚えているんだ」

言われて一同を見回すと、優しくも力強い頷きが返ってきた。

号令のように、ぽん、と手を叩いたのは四郎だった。

「さて、それでは少々早いですが、座敷の支度をしませんとねえ」

「珊瑚、瑠璃。疾く来なんせ。主らも着替えねばなりいせん」

「あい、姐さん！」

四郎が立ち上がれば、禿たちも花魁につき従って軽い足音を響かせる。椿事が起きたはずが、月虹楼はいつの間にやらすっかり活気づいていた。


月虹楼の二階、葛葉の座敷の控えの間で、千早は正座して息を殺して待っていた。

男たちは彼女の顔かたちを知っているかもしれないから、座敷に出るのは危険だろう、との朔の指示によるものだ。

酒肴を運んだり、姐さんたちの着付けを手伝ったり。今日も見世の仕事ができないのが歯がゆくてならないけれど、この場は葛葉たちに任せるのが最善なのだろう。

「な、なんだこの見世は。いつの間に……？」

「ようこそお出でくださんした」

「ささ、お入りなんせ」

ぴしりと閉めた襖越しに、階下からは、男たちと禿たちのやり取りが聞こえてくる。うろたえて上擦った大人の低い声と、対照的に明るく軽やかな、少女の高い声。

まやかしの術は、解かれた。彼らにとっては、突然目の前に月虹楼が現れたのだ。こんな典雅な設えの大見世にこれまで気付かなかったこと、さぞ不思議に思うだろう。

「いや、我らは――」

「姐さんたちがお待ちでありんすよ」

「ささ、早く早く」

そこへ、当然のように中へといざなう可愛らしい禿たちだ。訳も分からないままに言いなりになってしまっても無理はない。

瑠璃と珊瑚の軽い足音に続いて、どこか爪先で探るような重い足音が階段を上って来る。二階の一番奥にあるこの座敷に彼らが来るまで、あと、ほんの少し。

ほう、と。緊張に耐えきれず、千早の唇から溜息が漏れると――

「静かにおし。わっちの座敷の邪魔をしたら許しいせんよ」

葛葉の鋭い声にぴしゃりと釘を刺される。

すでに化粧も支度も整えた葛葉と芝鶴は、襖の向こうで客を待っているのだ。

月虹楼では御職の花魁は客を待たせてからようやく姿を見せるものだというのに。襖を開けたら天女もかくやの美女がふたり、嫣然と微笑んでいる――そんな趣向は、男たちをさぞ驚かせ骨抜きにして、口を緩ませるだろう。

「そうそう、『良い子』にしていなんせ。月虹楼の花魁に間違いなどありんせん」

　でも、花魁には自らを安売りするも同然のこと、さぞ矜持が傷つくだろうに。芝鶴もおっとりと笑う。まるで、千早の緊張を解そうとでもいうかのように。

（姐さんたちが、私のために……）

　厚意ゆえのことだとは、どうにか分かる。

　朔は、千早の頑張りを認めてくれた。六花のこと、ここ最近の相談のこと。そもそも千早がいることで、月虹楼に人間の客が訪れるようになったことも入っているだろうか。

（でも、本当に大したことではないのに）

　千早が、正座した膝の上で拳を握りしめる間に、男たちは座敷に通されたらしかった。

　感嘆の声は、葛葉と芝鶴の美貌に見蕩れてか、それとも部屋の調度の素晴らしさにか。

（両方だわ。当然だもの）

　月虹楼の一員のように誇らしく思うけれど、得意満面に胸を張って良いのだろうか。見世のためにできたことと、見世に呼び込んだ厄介ごとと。釣り合いは取れているだろうか。

　過ぎる苦さに重く沈む千早の想いとは裏腹に、座敷の空気は明るく軽やかに華やいでいる。芳醇な酒の香りが、襖越しに千早の鼻をくすぐった。

「さあさ、おあがりなんせ。何をいたしんしょう？　歌でも舞いでも、仰せのままに――」

「こ、この見世は月虹楼に相違ないか？　我らは里見なる者に言われて――」

「……里見様ならわっちの長年の馴染み。これは、楽しんでいただかねば合わせる顔がござんせんなあ」

里見の名を聞いたとたん、葛葉の声がほんの少しだけ低くなって剣呑な響きを帯びた。狐の同胞の差し金だと確かめて、機嫌を傾けたらしい。とはいえ本当に少しだけ、男たちは気付かなかっただろう。だって彼らには、ほかに気になることがあるのだろうから。

「この見世に娘がおらぬか？　十六、七の年ごろの――」

「さて、娘なら山ほどおりいすが、どれのことやら」

「並べてごらんに入れえすか？　わっち以上の綺麗どころはおりいせんが」

やけに堅苦しい口調の男たちは、何だかんだで花魁たちに絡め取られている。盃も順調に重ねているよう。

これなら、葛葉が豪語した通り、秘密の用件を漏らすまであと一押しだろう。

(さすが、姐さんたちだわ。赤子の手を捻るとはこのことね……！)

安堵の息を吐いたところで、けれど、千早の胸を不安がよぎった。声を潜めて、隣に控えた朔に囁く。

「あの、気になったんですけど――」

話の行方が気になるということで、楼主自ら座敷の裏に控えていたのだ。

思えば、狭くて暗いところにふたりきり。先ほどの内儀云々を思い出せば、危うく呼吸と鼓動が乱れそうになるけれど。でも、幸か不幸か今の千早はそれどころではない。紅くなった頬も、薄闇が隠してくれるはず。

「あの人たちはお金を持っているでしょうか……足りない場合は、私が働いて返すつもりではあるんですけど！　でも、何か月かかるか——」

「心配いらない」

太陽の下でも暗い中でも、朔の声は穏やかで、千早を優しく宥めてくれた。

「あやかしには、人の世の金など不要のものだ。この見世は——あくまでも、人の世の遊興に倣いたいあやかしが集った場所だ。色や芸や、恋を売る『店』ではないし、客が落とす金で成り立っている訳でも、ない」

「え——でも、あの、台の物や皆さんの着物や簪は……？　襖も畳も、とても綺麗なのに」

笑い声が聞こえ始めた座敷の襖には、涼しげな柳と燕が描かれている。季節に合わせて替えているのは明らかで、簡単なことではないのは千早にも分かるのに。

「客の相手をするのが楽しいと思う者もいれば、恋の真似事をしたがる者もいる。衣食住のどれかにやりがいを見出す者も。これは、白糸と織衣が良い例だな」

確かに、寿々と会った時の千早の着物も、お針のふたりが手妻のように鮮やかに用意してくれた。あやかしの技は巧みで美しいのに——朔は、真似事だなんて卑下を言う。

「あとは、江戸の御代の小判だとか、花魁が客に貢がせた品があるからな。金はどうとでもなるんだ、本当に。……ままごとのようだろう。里見が嗤うのも無理はない」

「そんな、ことは」

襖越しの、男たちの陽気な笑い声を聞きながら、千早は掠れる声で呟いた。

三味線の音も聞こえるから、葛葉か芝鶴か、あるいはふたりともが踊っているのか。

天つ風、と。百人一首の一節が浮かぶ。天女が雲間に遊ぶような、いつまでも終わって欲しくないと願いたくなるような、夢のような光景に違いない。けれど、襖一枚隔てた華やかさを余所に、朔の声はどこまでも暗かった。

「月は、太陽の光によって輝く陰のもの。月にかかる虹は、その暗い光が生み出す、さらに淡く頼りない幻――あやかしは、人の陽の気から生じ、けれど陰の中でなければ生きられない。哀れなものだ」

美しいとばかり思っていた見世の名の由来もまた、ひどく翳った、しかも儚いものだった。哀れだ、と呟く朔は、きっと神様の顔をしていた。あやかしが人の暮らしをできるように、陰を留める居場所を与える――慈悲深くて優しい神様。

「光から生まれる影は、光に焦がれずにはいられまい。皆が千早を歓迎するのはそういうことだ。……俺も、きっと――」

千早の疑問を読み取ったかのように、花魁たちの厚意の理由も踏み込んで教えてくれる。

だから、気にするな、と甘やかしてくれる。でも、素直に喜ぶことなんてできなかった。

（楼主様は、私をどうしたいのかしら。それに、月虹楼そのものも）

朔の心が、千早には分からない。最初は居ついてしまえば良い、なんて言っていたいっぽうで、寿々お嬢様にはひとり立ちした後が心配だから、みたいなことを言っていたし。

それに、さっきは――あんなことを。

（見世のためだからと、私を縛り付けたくない？　私の願いを第一に考えてくれている？）

とても優しい朔のことだから、ありそうなことだった。でも、それなら無用の心配だ。

千早はとうに彼女の願いを見つけている。寿々と会ったあの日、どうしたいかを決めたのだ。守られるだけでなく、朔や見世のためにできることがしたい、と。

「そんな――悲しいことばかり、言わないでください……！」

結局のところ、千早は今も庇われて守られているのだけれど。儘ならない悔しさに声は震えて、これでは朔を困らせてしまうだけだろうに。

「千早――」

困ったような声で、朔は何を言おうとしていたのだろう。でも、千早は唇に人差し指をあてて彼を止めた。

座敷では、男たちはだいぶ寛ぎ始めている。しきりに持ち上げて機嫌を取ってくれる美女たちに、心が緩み始めている。その隙を見逃さず、葛葉と芝鶴が探りを入れ始めていた。

「主さんらは何をなさんすお人でありんすか？」

「御一新前ならお武家屋敷のお侍様かと思うところでありんした」

「そうそう、かように凛とした殿方は近ごろそうはおりいせん」

勤めについて尋ねるのは、座敷の定番の話題ではある。官吏でも商店主でも、人力車の車夫でも。その生業なりにすごい、さすがと持ち上げるのは娼妓には当然の技。葛葉と芝鶴もお手のもの、なのだろう。息の合わせ方も相槌の打ち方も、先ほどの睨み合いが嘘のように滑らかだった。

「はは、当たらずとも遠からずといったところだな」

今の時代に、御一新前のことを知る娼妓などいるはずもないだろうに。侍の喩えが気に入ったのか、男たちは何も気付かぬように嗤った。空いた盃に酒を満たしたのだろう、液体が滴る音が響いた。

「と、仰せえすと……？」

「我らは渋江子爵様にお仕えしている」

「渋江家といえばもとは幕府旗本だ。いち早く新政府に帰順したゆえ、大名家と並んでの爵位をいただいているのだ」

葛葉と芝鶴が、顔を見合わせる気配が伝わってきた。千早もまったく同感だ。吉原で小娘を追い回している黒幕が、華族様だなんて。しかも、それを誇らしげに口にするなんて。

「それは——勤皇の御家ということでありんすな……？」

「うむ。ご子息は清国との戦争でもご活躍、だったのだが」

「まあ、勇ましいこと」

葛葉も芝鶴も、どうやら御一新前後のことも清朝との戦争も、ふんわりとしか知らないのではないか、という気配が、曖昧な相槌から漂ってきた。もちろん、千早が座敷にいたとしても同じていどのことしか言えなかっただろうけれど。

「では、次は是非ともその若様とご一緒に」

「籠の鳥の身の上なれば、唐土の風光明媚が聞きとうござんすなあ」

武勇伝ではなく、風土のことを聞きたがるのは花魁らしいことだった。でも、確かに子爵家の若君とやらは、気になる。

（その人が、私を捜しているの……？）

お金持ちの放蕩息子の不行跡、というのは分かりやすい話ではある。

その人が千早を知る機会がまったく思いつかないという点を除けば。身を乗り出して男たちの答えを待つ、千早の視界の隅には朔の横顔も映っている。彼も、千早と同じ格好で成り行きを窺っているのだ。

千早たちを焦らすように、酒を注ぐ音がまた響いた。もうどれだけ呑ませているのか、酒の香りだけでも酔ってしまいそうな気分になる。

「そう――寿昭様は、確かに悪所に好んで通われていたな」

「殿様も奥方様もよく窘められていたものよ」

明治の御代にも殿様がいるらしい、と知って千早は少し感動した。古風なものが生き残っているのは、月虹楼の中だけに限らないのだ。酔ってふやけたような男たちの声も、昔を懐かしむ調子になっていた。

(みんな、終わったことみたいに言っている……――いや、それはおかしい。

活躍した、通っていた、窘められた――その若君は、「今」はどうしているのだろう。心を入れ替えて真面目に生きているというなら、良いのだけれど。

「病気というのは、治らぬものでなあ。いや、身体を侵す病のことだけではなく、な」

「だが、女を捜すためだったというではないか。ずいぶんと贔屓の娼妓がいたと――戦争さえなければ妾に迎えたいと思われていたのだろうに」

「口実よ。殿様も奥方様も後ろめたさがおありだろうからな。強くは止められなんだのだろう。本当に女を捜すだけだったなら、瘡毒をもらうこともあるまい」

酔いが回ったのか、一度漏らしてしまえばあとは同じとでも思ったのか、男たちは問われるまでもなく勝手に互いに言い合っている。

千早は、口の中に湧いた唾を呑み、掌に浮いた汗を膝で拭った。じっとして聞いていることに耐えられなかったのだ。

（まさか。まさか……）

娼妓に入れ上げた、華族。

きっと裕福で——蒔絵細工の煙草入れを仕立てて女に贈るくらい、簡単だったのかも。

親の反対の上に、戦争に従軍したとなれば、女やその子供を引き取ることができなかったのも頷ける。傷が癒えるなりして捜せる状況になった時は、その女は見世を変わって行方知れずになっていたのだろう。千早はそれを知っている。

荒れ狂う千早の心中を知ってか知らずか、葛葉の声が男たちに決定的な答えを促した。

「……その、若君様は——」

「まだ四十過ぎだった。跡継ぎもおられなかったのに、な」

まあ、と痛ましげな声を上げたのは、きっと花魁の手管のうちだ。見も知らぬ人のことを、心から悲しんでいるかのような相槌も、芝鶴のほうだ。

「では、その子爵様のお家は？　江戸の御代ならご養子を迎えることもありんしょうが」

そして、その上で千早が喉から手が出るほど欲しい情報を聞き出そうとしてくれる。大金を積まれてまで彼女が追い回される、その理由を。

「無論、できぬ話ではない。ご係累には良い若君もいらっしゃる」

「が、奥方様はできることなら直系の血を引いた御子に爵位を継がせたいとお考えだ」

ここまで聞けば予想できた通りの、ごくありきたりの筋書きではあったけれど。それでもはっきりと確かめることができたわけだ。

（そういう、こと……）

納得のような呆れのような色々な――けれど確実に喜びは混ざっていない――思いを込めて、千早はそっと息を吐き出した。その微かな音も、酔った男たちの絡むような大声が搔き消してくれる。

「だから、若の御子を早々に見つけてお屋敷に迎えなければならぬのだ」

「いつまでもこのような悪所に置いてはおけぬ。一日も早く、爵位を継げる男の子を産んでもらわねば」

千早はものを知らないから、華族様のお屋敷ももちろん見たことがない。思い描くことすらできない。でも、見なくても分かる。

彼らがひと括りに悪所と呼ぶ月虹楼のほうが、ずっとずっと綺麗で素敵なところだろう。

＊　＊　＊

渋江なる子爵家の使用人だという男たちは、存分に呑んで管を巻き、そして夜見世が始まる前には月虹楼を後にしていた。

瑠璃と珊瑚が雑巾を手に袂をたすき掛けにして掃除に励んでいるから、半端な時刻の酒宴の名残を、ほかの客が気付くことはないだろう。もっとも、葛葉も芝鶴も、今宵は客を相手にする気はもうないようだったけれど。

「さて――」

月虹楼の内所は、先ほどと同じくあやかしであふれそうだった。登楼した客は、今宵に限ってはほったらかしにされているのではないかと思うほど、御職の花魁だけでなく、番頭の四郎をはじめとする使用人も装いを終えた女たちも、ことの成り行きを見届けようと息を詰めていた。

「どうしたものかな」

涼やかなもの、艶やかなもの、鋭く縦に切れた瞳孔のものや、鏡のように表情が窺えないもの――あやかしたちの視線を浴びて、朔は困ったように首を傾げた。

「私は」

朔が言いそうなことの機先を制して、千早ははっきりと述べた。

「あの人たちについて行ったりはしません」

「千早。だが――」

苦笑を浮かべて言い淀んだ朔を見れば分かる。千早の予想は、たぶん的中していたのだ。

（華族のお嬢様になったほうが良いとか、きっとそんなことを……！）

でも、千早の言葉の常にない力強さに、慌てて呑み込んだのだろう。彼女の反応が意外だったのか、芝鶴もふんわりと首を傾げた。あれだけ客を呑ませておいて、酒の香りが少しも漂ってこないのが不思議なほど、花魁が纏う空気は清々しいままだった。

「女郎の娘が旗本家のご落胤、などと――歌舞伎の筋書きのようでありんすに。それこそ里見様が仰せえす洋装とやら、着てみたくはないのかえ」

「いいえ！」

きっと、先ほどの一幕と同じだった。芝鶴は、思ってもないことをあえて口にして、話を進める切っ掛けをくれたのだ。その気遣いに感謝しながら、千早は身を乗り出した。

「父親と言っても会ったことのない人で、お母さんに何もしてくれなかった人です。まして、殿様も奥方様も、私のことはお嫌いだと思います」

芝鶴だけでなく、朔のほうも。交互にきっと見つめて断言すると、濡れたような黒い目が気まずげに伏せられた。白皙の頬に濃く落ちる、長い睫毛の影にどきりとするけれど――今は、そんな場合ではない。千早は、畳に指をついて深々と頭を下げた。

「姐さんたちも、ありがとうございました」

その娘ならこの見世に、だなんて言わないでいてくれて。血の繋がった「家族」のもとに行くのが幸せだとは、花魁たちは思わないでくれたのだ。

たっぷりと時間を置いてから頭を上げると、葛葉はふいとそっぽを向いていた。白い項と形の良い耳――禿たちと違って人間の形の――が赤く染まっているのは、もしかしたら照れているのかもしれない。葛葉の切れ長の目がきょろりと動いて、横目で朔を睨む。

「千早の意思を聞かぬでは、言えることなどありいせん。……あれで良い話などと思うたならば、楼主様も分からぬお人じゃ」

「葛葉までそういうのか。あながち人さらいとも言い切れないと思ったのだが……」

「金で娘の身柄をどうこうしようというのでありんすよ？　人さらいでござんしょう」

口元こそ微笑んでいるけれど、芝鶴も手厳しい。きっと、花魁たちは男たちの主張を間近に聞いたからだ。おだてて話を聞き出しながら、内心では眉を顰めていたのだろう。だから、千早の肩を持ってくれるのだ。

渋江家の動向を知れば、千早が花蝶屋を逃げ出した経緯の裏側も推察できた。花魁たちの話術に乗せられて、男たちは口をつるつると滑らせてくれたのだ。

子爵家の人脈はさすがと言うべきで、母の足取りを辿るところまではできたらしいのだ。こういう風体の子連れの娼妓がいなかったか、形見の品にこういう家紋のものは――と、聞いた瞬間に花蝶屋の楼主は狂喜した、らしい。葛葉花魁たちとは違って、はい、確かにうちの娘です、とその場で断言したのだとか。

『我が子同然に大切に養育したとか申したそうだが、さてどうだか……！』

『謝金を釣り上げたいがための大言ではないのかと、殿様もお疑いになっている』

あの男たちは、いかにも不満げに酒を呷（あお）っていた。実際に千早が引き渡されないのだから、まあ当然のことではある。

『あまつさえ、病気だからと医者代だの薬代だのを無心されては、な』

『そこへ、御子はほかの見世にいるとの注進よ。ならば直接そちらに出向くのが早かろう』

話が里見に繋がって、そうして葛葉の機嫌が傾いて、またひやりとする場面もあったのだけれど。

（旦那様は、医者代といってもらったお金を私の懸賞金にした……里見様は、花蝶屋の内情を知って、私が月虹楼にいることを渋江様に密告した……）

悪い話ではないと言っていた里見は、嘘（うそ）のつもりではなかったのだろう。

華族の令嬢に収まれるのは願ってもない話だと、今の朔のように考えたのだ。そして、彼がそうした理由も明らかだ。「ご落胤」を捜し出した謝礼に加えて、華族の御家に恩を売れるのだ。人の世で商売をする者にとっては見逃すことのできない好機だったのだろう。

分かってしまえば、何も驚くような話ではない。そうなるのも道理の、当たり前の話ではある。でも、納得できるかどうかは話が別だ。

（私は、売り物じゃないわ……！）

膝の上で拳を握り、千早は朔に訴える。

「楼主様は、私の願いを叶えてくださると仰いましたよね!?」

「それは……そうだが。慎重に、冷静に考えたほうが良いのではないか?」

「ずっと考えていたことです。私に何ができるのか、何がしたいのか――」

千早の出自を知るその前から、ずっと。期せずして籠から出ることを許されて、不意に手中に転がり込んできた自由をどのように使うべきなのか。

真昼の吉原に放り出されて途方に暮れた時に、決めたのだ。もっと一生懸命に、自分の考えを持って生きるのだ、と。今こそ、その決意をはっきりと宣言しなければ。

仕事ができるようになるのを待つとか、日ごろの振る舞いで認められようとかいうのは、たぶん、違う。言葉に出して伝えるのだ。

「私は、この見世にいたい、です」

震えそうになる声を叱咤して、ゆっくりと。朔の目を見つめながら、千早は述べた。

「良くしてもらったからだけでは、なくて！　そうしたいんです。私は、この見世がなくなってしまうのは、嫌だから――明治の御代にあやかしの居場所がないというなら、作りたい。そのために人間がいなくてはいけないなら、私がその役目を果たします。人とあやかしを結ぶにはどうしたら良いか――これからはそれを考えたいし、そのために頑張りたいと思いました。……思い、ます！」

言い切った後、しん、と沈黙が降りた。ただ、客を迎えた数少ない座敷から聞こえる三味線の音や笑い声だけが遠くに聞こえる。それに、千早自身の心臓の音が、耳元でどくどくとなってうるさいほど。

(え、偉そうじゃなかったかしら……偉そう、よね……?)

それぞれに美しく、不可思議な力を持ったあやかしの前で、人間の小娘が大見得を切ったのだから。笑われるか窘められるか──眉を顰める者がいても当然だと、思ったのだけれど。

最初に彼女が認識した反応は、男の人の明るい軽やかな声だった。

「──これは、願ってもないことじゃないですか。ねえ、楼主様?」

「四郎」

馴れ馴れしい口調と態度でも叱られることがないのが、四郎の不思議なところだった。客に対しても、楼主に対しても。あやかしに言うのもおかしいけれど、これが人徳というものだろうか。朔が眉を寄せただけで何も言わないのを良いことに、四郎は自分の顔を撫でる仕草で、目鼻や口をふき取って見せた。

「今の世の中、のっぺらぼうが食っていけるほど優しくないですからねえ。私としても月虹楼を畳むなんて言い出されては困るんですよ」

のっぺらぼうを見て驚いたり怖がったりするのは暗い夜道ならではのことで──確かに彼は、食いはぐれるのかもしれない。言われて不安に思ったのか、瑠璃と珊瑚も四郎の後ろからひょこりと頭を覗かせた。

「わっちらも追い出されたくはござんせん」

「野良猫ではありいせんもの、屋根のないところでは暮らせえせん」

ふたりの大きな目は涙に濡れて、いつもはぴんと立った耳も頼りなくふるふると震えている。まさしく捨てられた子猫のような哀れっぽい眼差しに、傍で見ている千早の胸は――可哀想だと思いつつ――ときめいてしまう。だって、とても可愛いから。

「何も、今日明日にも見世を畳むつもりも、追い出す訳もなかったんだが……」

子猫の懇願は、一も二もなくそんなことはしないから、と言ってあげたくなる健気さだった。朔も心を動かされたのだろうか。ふう、と溜息をついた後は、彼の表情もどこか覚悟を決めたようにさっぱりとしていた。

「俺は、願いを叶えるために在るものだ。人もあやかしも、祈りを寄せるものなら誰でも」

それはつまり、千早は月虹楼にいて良いし、見世も続けるということだ。千早と、あやかしたちの吐いた息が騒めいて、内所の空気を揺らす。

「千早が望むならばいつまででも隠すことはできるが――渋江子爵とやらが諦めるか世を去るまで待つか？」

「いえ……それでは、いつになるか分からないので」

渋江子爵は、たぶんもう高齢なのだろう。だから焦っている面もあるのかもしれない。

でも、今日の騒ぎを思えば、何か月も何年も警戒を続ける訳にもいかない。月虹楼に、そんな迷惑をかけられない。それに、何より——

「子爵様に、はっきりとお断りしたいと思います」

千早のことなのだから、彼女自身が決着をつけるべきだろう。はた迷惑な祖父母には、ひと言言わなければ収まらない。

「そのために、皆さんの力もお借りしたいです。どうか——お願いします」

もう、居候だからと遠慮をするようなことはしない。引け目を感じることなく月虹楼にいられるかどうかの、瀬戸際でもあるはず。面白がるような、問いかけるような——様々な形の目に、様々な表情を浮かべたあやかしたちに、千早は深々と頭を下げた。

七章　人の願い　神の願い

最初に声を発したのは、芝鶴花魁だった。

「わっちらの力を借りるとは、いかにして？　何をさせようというのかえ？」

おっとりと穏やかなようでいて、やっぱりこの姐さんは、怖い。

くだらないことに巻き込もうとは言わせないぞ、という言外の圧力をひしひしと感じて、いつまでも畳の目を見つめていたい気分にもなってしまう。でも、その圧を跳ね返して、千早はゆっくりと背を伸ばした。試すような笑みを湛えた、芝鶴花魁の深い色の目を真っ直ぐに受け止めて、答える。

（大丈夫。芝鶴姐さんは怒ってはいない……！）

怖いだけでなく優しい人――あやかしであることを、千早はもう分かっている。

鋭い視線で彼女を見つめる葛葉花魁だって、そうだ。花魁の矜持からか、何ができるのか、だなんて真っ直ぐに尋ねたりはしないけれど、千早を案じてくれているのだ。その上で、花魁に相応しい役を、相応しい言葉で乞うのだと命じているのだろうと思う。

この、とても綺麗なあやかしたちにしかできないような、華やかな役どころ――気に入ってもらえると、良いのだけれど。

「私は、子爵様の御家に入るつもりはありません。でも、言ったところで聞いてもらえないと思います。さっきみたいな人たちにずっとつきまとわれたら——月虹楼にも、迷惑をかけてしまいます」

「それは、確かに」

稼業をもっとも心配する立場なのか、番頭の四郎が顔を顰めて頷いた。でも、その合いの手は千早にとっては願ってもないもの、かえってにっこりと微笑む余裕もできた。

「だから」

言いながら、千早は月虹楼のあやかしたちを見渡した。花蝶屋でふわふわと過ごしていたころの彼女がこの場に紛れ込んでいたら、悲鳴を上げていただろうか。瑠璃や珊瑚のように可愛らしいあやかしだけでなく、ろくろ首やひとつ目や鬼娘、明らかな異形の者もたくさんいるから。食べられてしまう、とでも思っていたかも。

でも、今は違う。どんな姿かたちでも、千早は彼ら彼女らが大好きだった。

ひとりひとりの「人」柄に触れて、その温もりを知ったから。好きなことや苦手なこと、ちょっとした悩み事を分かち合ったから。

家族で仲間——と、言うにはまだ図々しいかもしれないけれど。

(でも、そうなれたら良いな……)

それもまた、千早の心からの願いだった。朔に頼らなくても、自分の力で叶えたい。そのためには、求めたこともない肉親とやらとの縁は、きれいさっぱり断ち切らなくては。

「私、神隠しに遭おうと思うんです」

にこやかに晴れやかに、きっぱりと——千早は言い切った。

＊＊＊

翌朝、月虹楼の暖簾を出てみると空は青く晴れていた。人の世の吉原はどうかは分からないけれど、千早の心を映したように、どこまでも曇りなくて広くて清々しい。

（うん、今日も元気……！）

店先をひと通り掃き清めて、千早は大きく伸びをした。やるべきことが決まったお陰か、身体も軽いし気分も爽快だ。

昨晩の月虹楼は、結局あの後、見世じまいになってしまった。千早の出自が知れて、今後の「計画」を話し合うので誰もが手も頭もいっぱいになってしまったのだ。

すでに登楼していた客は早々に帰されたし、例のまやかしの術で新しい客も遠ざけられた、らしい。千早のせいで商売ができなくて、まことに申し訳ないことではあるのだけれど——でも、女たちも若い衆も、楼主の朔でさえも、楽しそうに高揚した様子だったから、良かった。彼女の案は、見世の皆に面白がってもらえたようだ。

「千早、早いの」

と、背中から声をかけられて、千早は小さく飛び跳ねた。朝の爽やかな空気には似合わない、しっとりと艶やかなその声の主は――

「芝鶴姐さんこそ……あ、あの、おはようございます！」

雑用とは無縁で、いつもなら昼過ぎまで夢の名残を愉しむはずの花魁が、朝の陽射しに手をかざしていた。

まずは驚きの声が漏れた後、千早は慌てて頭を下げた。幸い、芝鶴花魁は挨拶が遅いとは思わないでくれたようだった。にこやかに気さくに、千早に話しかけてくれる。

「座敷がなかったからか、早くに目が覚めてのう。うん、たまには陽の光も良いものじゃ」

「はい……姐さんは、いつ見てもとてもお綺麗で」

月虹楼の花魁が相手だと、お世辞なんて必要がなかった。口をついて出る誉め言葉は、すべて心からの本音になるから。

重たげな金襴緞子を纏っていなくとも、櫛も笄も取り払って、下ろした髪を軽く括っただけでも。紅にも白粉にも頼らずとも――あるいはだからこそ、芝鶴はしなやかに匂い立つような美しさだった。

陽の光に輝くような肌を見る時の胸の高鳴りは、朝露が零れ落ちる一瞬の煌めきを惜しむ時のよう。絵に収めてそっと引き出しにしまっておきたくなるような——夜にだけ花開くという月下美人が、朝にも咲き残っていたらかくやの色気漂う姿だった。

「ふふ、正直な娘でありんすなあ」

もちろん、長々と言葉にして語った訳ではなかったのだけれど。千早の目に宿る羨望と称賛に、芝鶴は気を良くしたようだった。流れる髪を軽くかき上げ、覗いた項の白さと細さで千早の息を止めさせてから、時刻に似合わぬ艶やかな人は、そっと目を伏せた。

「主に礼を言わねばなりいせん。こうして見世の外に出ようと思えたのは、何十年振りか」

わずかな目線の違いは、花魁にとっては頭を下げるのに等しいことらしい、と。気付いて千早は慌てた。

箒を取り落としかけて、あわあわとみっともない踊りのような動きをしてから——芝鶴の言葉に、引っかかるものがあるのに気付く。

月虹楼は庭も広いから、あえて外に出なくても日々の暮らしには支障はない。まして芝鶴は御職の花魁で、禿にも若い衆にもかしずかれて、箸より重いものを持つ必要がないくらいだろう。でも、今の言い方だと——

「……あの、姐さんも、今の人の世が——」

嫌なんですか、だなんて聞けるはずがない。葛葉花魁もそうだけれど、こんなにも綺麗で凛とした人――あやかしに、弱さという翳りをさらけ出させたくはない。花魁の矜持からも、きっと許容できないことだろう。

千早が言葉を途切れさせると、芝鶴花魁はほんのわずか、首を縦に振った。

「訳の分からぬことばかりと、思うておった。狸の、獣の身で見上げた江戸の街よりもなお、今の明治の東京は、どこもかしこも眩しくて目が潰れそうだと」

青空に輝く太陽を見上げて、芝鶴は細い眉を寄せていた。眩しく地上を照らすけれど、直に見つめれば目を痛める――あやかしたちは、今の世では炎天下に炙られて乾涸びるみみずの思いなのかもしれない。

江戸の世はおろか、御一新の騒動さえ知らない千早には、何もかける言葉が見つからなかったのだけれど。芝鶴は目を瞬かせると、にこりと艶やかに微笑んだ。

「したが、渋江なる子爵の話を聞いて思ったものよ。御家大事に、道楽息子の放蕩に、色街で育ったご落胤――歌舞伎の筋書きのようだと言うたでありんしょう？　姿かたちや呼び方が少しばかり変わったとて、人の為すことに大した違いはないのだと、主のお陰で知れえした」

そう――よくある話だと、千早も思ったのだ。お芝居だったら、あまりにもありきたりで、飽き飽きするようなもの。

そんな話に振り回されたと知って、千早は奮起したのだ。芝鶴は、同じ話を聞いて吹っ切れたのだろうか。それ自体は、とても良いことだと思うけれど。

「そんな……私は、何も」

はにかんで首を振ろうとすると——芝鶴の目が、ふ、と真剣な色を帯びた。真剣というか、凄みというか鋭さというか。

「葛葉さんには口が裂けても漏らしてはなりいせんよ？」

「は、はい。絶対……！」

おっとりと優しげに見えた表情が、一瞬にして剣呑な「怖さ」を漂わせて千早を震えあがらせた。

葛葉姐さんも今の人の世は分からないって言っていましたよ、だなんて言えるはずもなく、赤べこのように勢いよく何度も首を縦に振ると、芝鶴はまたふんわりと微笑んでくれた。十分に脅したと思ったのだろう。

花から花へと飛び移る蝶のように、美しいあやかしは気まぐれに話題を変えた。

「その葛葉さんも、聞かぬお人だけれど、のう。里見様に聞くのが一番早いというに」

「ええと……でも、油断できない方だということですから」

昨日の今日だから、そもそもその話をしたかったのかもしれない。つまりは、千早発案の「神隠し」作戦についてのことだ。

（そもそも私は神隠しに遭ったんじゃ、って言われているみたいだし……）

人の世から月虹楼を訪ねた、学生風の若者たちの噂話が、千早に天啓をもたらしてくれたのだ。渋江子爵がいかにしつこくとも、人ならざる存在に攫われた者を追いかけることはできないだろう。

子爵や、その家中の者の目の前で、千早は神ならぬあやかしに攫われるのだ。姐さんたちや若い衆に、それこそ花魁道中さながらに、思い切り派手に着飾ってもらって。

明治の世にだって、電気にもガス灯にも照らすことのできない闇があるのだと、科学で解き明かせない不思議があるのだと世間に見せつけよう。

（そうすれば、あやかしにも少しは居心地の良い世界になるかしら）

鬼やのっぺらぼうや、狐や狸のあやかしが本当にいると知ったら、明治の人でも夜や闇を恐れるようになるだろう。少なくとも、当分は。

千早の案に、月虹楼のあやかしたちは面白がって飛びついてくれた。

それなら飛び切り恐ろしくおどろおどろしくしなくては。いや、仮にも遊郭なのだから、美しさも譲れない——昨晩は侃侃諤諤の議論が始まって、それで客どころではなくなった面もある。

「禿どもも若い衆も、明治の世には不慣れだから困ったものじゃ」

衣装や髪の結い方を考えて楽しそうだった芝鶴だけれど、今は少しだけ不安に表情を翳らせていた。

「私も、役に立てなくて申し訳ないです。……だからあの、お互いさまということで」

問題は、千早も朔も、月虹楼の誰も、渋江子爵の居どころを知らないということだ。

街に出て人に聞けば分かるのだろうけれど、追われる身の千早が動けないのはもちろんのこと、あやかしたちはまだ明治の世に慣れていない。あの男たちはまた見世の周りをうろつくのかもしれないけれど、いつになるか分からないものを待つのも具合が悪い。里見に聞くのは、葛葉の機嫌を考えるとできそうにない。

ならば残る心当たりは寿々だけだ。ちょうど良くというか何というか、また会う約束をしていることでもあるし。快く教えてもらえるかどうかは、まだ分からないのだけれど。

「油断できぬのは寿々なる娘も同じ、名案とも思ええせんが。主の身の証を立てる形見だと知っていながら強請るなど、何を企んでいるのやら」

「はい。分かっているんですけど……でも、確かめたいので」

寿々が何か企んでいることは、いよいよ疑う余地がなくなってしまった。華族の家に迎えられるのは、普通なら良い話なのだから。

一番最初に逃がしてくれた時は早とちりもあり得たかもしれないけれど、先日の隅田川のほとりで教えてくれなかったのは——その理由もまた、千早には分からない。少しばかり成長して、しっかりしたような気がしても、手が届かないことばかりだ。

(裏切られた、のかしら……？　私は、お嬢様をずっと信じていたのに……)

でも、辛いとか悲しいとか、まして悔しいだなんて思わない。

良い思い出もあるからか──そんな甘い考えも、葛葉あたりならお人好しだと眉を顰めそうだけど──それとも、千早はすでにあやかしに馴染み切っているからだろうか。人の世はもう彼女の居場所ではないから。「こちら」に、温かく迎えてくれるあやかしたちがいるから。だから、何があっても大丈夫。……少なくとも、今はそう思えている。

決して強がりなんかではなく、千早は芝鶴に微笑みかけることができた。

「子爵様より、お嬢様が何を考えているかのほうが気になるくらいなんです。それさえ分かれば、人の世にはもう何の心残りもありません」

「そう、かえ」

芝鶴がふわ、と目元を和ませるだけで、良い香りが漂う心地がした。この姐さんは、狸ではなくて実は月下美人の化身ではないかと思うほど。

「楼主様がついていれば大事はないとは思うけれど。気を付けるので、ありんすよ？」

「はい。まだ何日かあるので……心の準備を、しておきます」

綺麗な人が、指を伸ばして頰を撫でてくれたものだから、千早の心臓は破裂しそうになってしまう。初心な田舎者のように、花魁の眼差しと指先だけで翻弄されて、熱く茹ったような頭の片隅で、ふと思う。

（芝鶴姐さん、私を心配してくれたの……？　早起きも、わざわざ……？）

もちろん、それを口に出して尋ねることも、怖くてできなかったけれど。きっと、心外、と言わんばかりに目を見開いて、小娘が思い上がって云々とちくちく刺されるのだろうから。そんな無粋な真似をしたら、花魁の気遣いを無にするのも同然だ。

「芝鶴姐さん。あの。ありがとうございます……！」

「まあ、大げさなこと。主が頼りないから言うただけなのに」

改めて姿勢を正して。大きな声で礼を言うと、芝鶴は煩そうに軽く眉を寄せた。けれど口の端が緩んでいたから、きっと機嫌は良いのだろうと思えた。

＊＊＊

数日後、寿々との約束の日――織衣と白糸は、今回も楽しそうに千早の着物を選んでくれた。さすがに今日は、ほかの姐さんからの借りものの着物だけれど、色柄の見立てや丈詰めの成否をしっかり確かめなければならないからと、千早は人形のようにされるがままに着せ替えられている。

「寿々なる娘はだいぶ気が強いようだから」

「千早はぼんやりしているもの、負けないようにしないと」

そう言うふたりが選んだのは、菖蒲の柄だ。剣のように細く尖ってすっと伸びる葉は凛として潔く、青みがかった紫の花は品が良い。魔除けの意味があるから縁起も良いのだと、あやかしが胸を張るのは少しおかしかった。

帯を締められる心地良い圧迫を感じながら、お針のふたりの評に千早は苦笑した。

「ぼんやり……していますか？」

思えば、花蝶屋の追手にもそのように形容されたのだった。彼らとは違って、親しみを込めた口調に気分を害することはないけれど。

(でも、だいぶマシになったと思うんだけどなあ)

自分の将来について。誰のために何をしたいかについて。ぼんやりしているなりに、考え始めたつもりなのに。千早の軽い抗議を受けて、織衣と白糸は首を傾げて笑いあった。

「おっとりというか――」

「鷹揚というか？」

「だからねえ、この前は驚いたけれど。でも、すっとしたわ」

「そうねえ。姐さんたちの衣装を考えるのも楽しみよ」

例の「神隠し作戦」のことだ。あれが着たい、こんな趣向を試したいと、女たちは期待と想像を巡らせている。千早のために手を動かしながら、お針のふたりは相談に乗ったりもしたのかもしれない。

「おふたりの腕だもの。きっと、素敵な花魁道中になります」

「ええ、きっと」

そろって頷くと、織衣と白糸は微笑んだ。着つけも髪形も、思った通りの出来になったらしい。差し出された鏡を覗けば、今日もどこのお嬢さんかと思うような可愛らしい娘が目を瞠っている。

「気を付けて、行って来なさい」

「言われたらちゃんと言い返すのよ？」

ふたりはどこまでも心配顔だけど、千早もよくよく覚悟していることだ。流されるままだったかつての自分から変わるためにも、寿々お嬢様にだって堂々と対峙しなければ。

（言いたいことも、聞きたいこともたくさんあるし……！）

それでも気後れはしてしまうから、深呼吸して——千早は、笑おうとした。

「大丈夫……だと、思います。頑張ります。あの、ありがとうございます」

先日の朝の芝鶴に対してといい、月虹楼にいると御礼を言うことばかりだ。つまりはそれだけ素敵な人たちの素敵な心に囲まれているということで。だからこそ、千早はこの見世を守りたいのだ。

「わっちらもついて行っては……いけえせんよなあ？」

切火を切るための火打石を抱えた瑠璃と珊瑚が、千早を見上げて首を傾げた。

例によって、ふたごの子猫の動作は鏡合わせのように揃って、同じ角度に傾いた白と黒の三角耳が触りたくなるほど可愛らしい。……可愛らしいのだけれど。その耳も、ふたりの背でひょいひょいと揺れる尻尾も、人ならざる存在であることを明らかに示すものだ。

「うーん、その耳と尻尾があると、目立っちゃうから……。姐さんたちみたいに、完全に人の姿になることはできないの？」

白黒の耳が悲しげに垂れたので、言葉で聞くまでもなく、千早はふたりの答えを知った。

「未熟者ゆえできいせんのじゃ……」

「やはり、いけえせんか」

顔を見合わせて溜息を吐くふたりが可哀想で可愛らしくて、千早は同じく出かける支度を整えた朔を見上げた。彼は、前回の書生風の出で立ちとは違って、今日は紬の着流しに羽織を重ねている。人の世に紛れるというよりは、楼主として見世のために行くのだ、という気持ちの表れなのかもしれない。

「人の世界に興味を持ったのか。珍しいな」

千早よりも禿たちをよく知るはずの朔にも、突然の申し出を不思議に思ったようだ。身をかがめて覗き込まれて、少し背伸びした瑠璃と珊瑚は代わる代わる楼主に訴える。

「この前千早が帰った時、猫の匂いがいたしんした」

「前の見世では猫を飼っていたとも聞きいしたゆえ」

言われて、千早も思い出す。目の前のふたりとはまた違う猫のことを。人の形をしていたりはしなくて、茶色と黒と白が混ざり合った毛皮の、お嬢様の少し太った愛猫の――

「若菜のこと？　でも、お嬢様だって連れ回したりはしてないよ？」

「さようでありんすか……」

「若菜はお嬢様の猫だし、瑠璃と珊瑚のほうが可愛いよ」

「それは、間違いござんせんが」

余所の猫が気になって妬いているのか、とも思ったけれど、頭を撫でてみてもふたりの反応は今ひとつ鈍い。

もう一度朔のほうを窺って助けを求めると、彼も手を伸ばして黒と白の三角耳を代わる代わる掌で倒した。撫でられること自体は嬉しいのか、喉を鳴らす音が重なって響く。

「……今日は大事な用だ。落ち着いた後にまた会えるなら、その……猫とも遊んでもらう機会もあるのではないか？」

朔の言葉が心もとなげなのは、寿々お嬢様のことをあまり信用してくれていないからだろう。お嬢様自身も、もう二度と会えないかも、と言っていた。

（やっぱり、私とは会いたくないってことなの……？）

千早の顔に憂いの翳が落ちたのを見て取ったのか、瑠璃と珊瑚が慌てたようにぴん、と尻尾を立てた。

「……あい、楼主様の仰せえす通りに」

「どうぞどうぞ、お気をつけてくださんし」

ふたりの禿は可愛らしく笑うと、小さな手で火打石を打ち鳴らした。明るい中で一瞬だけ煌めいて消えた火花は、厄除けのための験担ぎだ。菖蒲の柄の着物と同様に、あやかしたちは千早の無事を願って送り出してくれているのだ。

＊＊＊

一か月前と同じく、陽光に眩く輝く朱塗りの鳥居を、千早は朔に手を引かれて潜った。

若い男女の逢引のようで恥ずかしいけれど、でも、千早の胸が高鳴るのはときめきによってだけではない。寿々お嬢様と対峙することを思うと、一歩一歩が鉄の鎖を嵌められたように重かった。自然、歩みも遅れがちになって、朔と繋いだ腕が伸び切ってしまう。

「あの、ご、ごめんなさい」

重りになってしまっていることを詫びながら、慌てて足を急がせる――と、苔むした石段に滑って視界がぐらりと揺れる。

（落ち――）

痛みを覚悟してぎゅっと目を瞑る。でも、千早を受け止めたのは硬い石や地面ではなく、温かく柔らかいものだった。恐る恐る目蓋を持ち上げると、朔の端整な顔が間近に彼女を見下ろしている。

「大丈夫か？」

「は、はい……はい⁉」

社に休む鴉を驚かせる素っ頓狂な声が、自分のものだとは思いたくなかった。

どくどくとなる心臓の音がうるさくて、朔に聞こえてはいないかと心配になるくらいだし、真っ赤になったであろう頬も、どっと流れる冷や汗が額に滲むのも、みっともなくて消え入りたい。なのに、朔はどこまでも丁寧に千早が自分の足で立つまで待ってくれた。

「上の空にはなっていないか？　気を付けるんだ」

「はい……ごめんなさい……」

寿々お嬢様と話したいのは、千早の都合だ。朔なり四郎なりに会ってもらうほうが安全だろうに、彼女自身が出向くのは気持ちの区切りをつけたかったから。

なのにこの有り様では、朔は内心ではさぞ呆れているだろう。でも、俯く彼女の旋毛に降ってくるのは、穏やかな微笑の気配だけだった。

「千早には何度礼を言っても足りないな」

「え？」

何のことだろう、と首を傾げる間に、朔はまた歩き出していた。とはいえ強引に引っ張るようなことはなくて、優しい眼差しで千早を促し、見守ってくれる。

「俺は――さほどの力も持たない神は、人やあやかしのささやかな願いを叶えるので手いっぱいだ。それさえままならないことばかりだし、まして俺自身の願いを顧みる者はいなかった。考える余裕もなかった。だから……気付かせてくれて、ありがとう」

千早の手を握る朔のそれに力がこもって、また彼女を慌てさせた。整った眉が寄せられるのも、黒曜石の目がどこか手の届かない遠くを見る。

その表情が少し怖くて、そして心配で。

人間の小娘が、なんて思う暇もなく、急いで彼の傍に寄る。この方は支えてあげなければいけないんじゃないか、と思ったからだけど――でも、儚げに見えたのも一瞬のこと、朔の目は、しっかりと千早を捉えていてくれる。

「皆の居場所を守りたい――千早の願いは、俺のものでもあった。俺も、願って良かったんだな」

「そう……そうですよ」

とてつもなく綺麗な人――というか神様と見つめ合う気恥ずかしさは、どこかへ消えた。

それよりも何よりも、朔が同じ気持ちになってくれたことが嬉しかった。移り行く人の世を眺めて、ずっと不安げなもの言いだったのに、今はこんなに晴れやかな笑顔を見せてくれたのだから。

繋いだ手に、もう片方の手も添えて、千早は朔の目を覗き込んだ。昂ぶる思いのままに、力強く宣言する。

「見世と、皆さんのためだもの。皆さんもきっと同じ願いで——だから、絶対に叶えましょうね！」

「ああ」

朔もまた大きく頷くと、空いていた手を千早のそれに重ねてくれた。両手を握り合う格好になったことに気付いて、千早の体温はいっそう上がったけれど、彼女が口をぱくぱくさせても手を暴れさせようとしても、朔はしばらくの間、解放してはくれなかった。

両国橋の袂の様子も、ひと月前と変わりなかった。

浅草参りか相撲見物か、隅田川の両岸を行き交う人波は賑やかで、しかもその表情は明るいものばかり。初夏の麗らかな時期だけに、目的はなくとも青空の下で爽やかな風を楽しもうとそぞろ歩きをしようという人も多いのだろう。

そんな中で、「その人」の姿はよく目立った。ぱりっとした袴姿に、風に遊ぶ艶やかな黒髪。白い額や頬の眩しさに、弧を描く唇が浮かべる、晴れやかな笑み。

そう、その人は笑っているのに。なぜか、千早は足を半歩、後ろに退いてしまった。その動きでかえって注意を惹いたのか、その人はいっそう笑みを深めると、こちらに向けて大きく手を振った。

「千早。来てくれたのね」

「寿々お嬢様……」

弾んだ声も、軽やかな足取りも、約束通りにまた会えて嬉しいからだと思いたかった。

でも、寿々お嬢様の目だけが笑っていなくて、怖い。どこか思い詰めたようで、何かしらの強い気迫を奥底に秘めていた。ふるりと震えた千早の背を、朔がそっと支えてくれた。

千早の強張った表情に気付いているのかいないのか、寿々お嬢様は口元だけの微笑を浮かべて彼女を覗き込んできた。久しぶり、も何も言わないままに、唐突に。

「持ってきてくれた？」

「え、ええ……」

白い手が千早の腕を摑もうとするのは、身体を捻って辛うじて避けた。懐にしまっておいた形見の煙草入れを、奪われそうな気がしてしまったのだ。

胸元を押さえて身構えた千早の姿は、まるで物取りに遭った時のよう。警戒心は、お嬢様にもはっきりと透けて見えただろうけれど——

「……そう。ありがとう！」

一瞬、能面のような無表情になった後、宙に浮いた手を収めながら、寿々お嬢様はにっこりと笑った。そのまま、すたすたと河原へ降りていくのは、人目を避けてゆっくり話そうということだろう。

（人に聞かれたくないのは……普通のこと、だわ）

ちらりと朔を見上げると、細い顎がしっかりと頷いてくれた。神様がついていてくれるのだから大丈夫――そう、自分に言い聞かせて、千早は黒髪が躍るお嬢様の背を追った。

「寿々お嬢様。これ――」

草生す河原に降りた後も、念のためにお嬢様とはゆうに背丈ぶんの距離を取った上で、千早はようやく切り出した。

懐から取り出した煙草入れ、その蒔絵細工が、陽の光を反射して繊細な色の煌めきを振り撒いた。その輝きに魅了されたかのように、寿々お嬢様の目は煙草入れに釘付けになる。

「ええ……確かに、それね。早く――」

「これは！」

お嬢様が手を伸ばして近づいて来るのを遮るように、千早は引き攣った声を張り上げた。

「――この紋は、渋江様という華族の御家の御紋だそうです。知ってましたか？」

千早がごくたまにしか手に取って眺めることをしなかった、両親の形見の煙草入れには、確かに家紋があしらわれていた。五瓜に唐花――亡くなった若君が馴染みの女に渡した品として、あの男たちは渋江家の紋も詳しく語ってくれていた。

「そうなの？　よくある紋だと思っていたけど」

確かに、ありふれた紋ではある。唐花の花弁の数や形、それを囲む瓜の配置などで少しずつ変化をつけた紋は幾らでもある。千早も、ずっとただの模様としか思ってなかった。

（でも、お嬢様。これの紋を区別するほどじっくり見たことはなかったでしょう……？）

あからさまに惚けられたのが悲しくて口を噤んだ千早に、お嬢様は少しだけ眉を寄せた。ほんのわずかだけど、声にも棘が滲む。

「その子爵様が、どうしたっていうのよ。早くちょうだい」

「私、子爵様とは言ってません。渋江様という……華族様としか」

「――っ」

失言を指摘されて、お嬢様の唇がわなないた。後悔を示してかきゅっと噛み締められた後、けれど、お嬢様の声は一段階高くなっていた。

「……だから、何よ！　あんたも知ってるんじゃない。言いたいことがあるなら言いなさいよ……！」

「私のお父さんは、子爵様の若様……みたいです。今いる見世にも捜している人が来て、教えてもらいました」

「運が回ってきたとでも思ってるんじゃないでしょうね!?　娼妓の娘が華族のご令嬢なんて、そんなに上手く行くはずないわ……！」

子爵家は千早を迎えるつもりだ、ということもまだ言っていなかった。お嬢様は、聞いたことに言葉では答えてくれていないけれど、態度ではっきりと教えてくれている。

眉を吊り上げて喚く寿々お嬢様からは、いつもの溌剌とした愛らしさが消え去っていて、悲しい。それでも怖いと思わないでいられるのは、千早の背にそっと触れる、朔の指を感じているからだった。

「はい。相応しくないし、嫌だ、と思っています。今お世話になっている見世がとても良いところなので。……だからお断りしようと思っています」

「ちょっと……！」

「だから子爵様にお会いしないといけないし、説明するにはこの形見がないといけません。今日は、お嬢様に渋江様の……お屋敷の場所とかを聞きたくて来ました。形見を渡せるのは、お断りした後になります」

形見の煙草入れを、ぎゅっと胸元に握りしめて、千早は言い切った。

これは、彼女にとっては本当に大した価値のないものだ。同じ形見でも、六花の想い人のそれとはまるで違う。父も母も、触れ合った記憶が少なくて感傷を覚える余地さえない。

だから、思い出としてお嬢様にあげるならそれで全然構わなかった。お嬢様もそれで良いと言ってくれたらと、思っていたのだけれど。

「それじゃ意味がないじゃない！　なんでそんな勝手なことをするの!?」

お嬢様が——あるいは花蝶屋が、形見の品を何かに利用しようとしているのだろうとは、さすがに察しがついていた。千早が確かにいたということの、証拠や時間稼ぎに使うとか。

「勝手、って……」

だから怒ったり慌てたりするのは、一応は予想の範疇だった。でも、これは千早自身の身の振り方の問題のはずで。勝手だなんて言われる筋合いはないはずで。——でも、お嬢様は千早がひどい間違いを犯したかのように髪を振り乱して手を振り回して責め立てる。

「渋江様にはもう言ってしまってるのよ。ご落胤は、花蝶屋の娘として育てました、って！」

千早が驚きの表情を浮かべたことさえ、寿々お嬢様は口答えのように捉えたらしかった。ぱっちりとして可愛らしいはずの目が、かっと見開かれて眼窩からこぼれ落ちそうなほど。激情のままに地団太を踏む足が草をへし折り潰して、青臭い匂いが鼻に届いた。

「だってそのほうが良いでしょ？　あんたより私のほうがしっかりしてるし美人だもの。子爵様だって、娼妓見習いを娘に迎えるよりは、女郎屋の娘のほうがまだマシでしょう？　いかがわしいことはさせてないって。実の娘同然に大事にしてたって言えば、世間体も良いでしょうに！」

では——花蝶屋は「そういうこと」にすることにしたのだ。そんな大それたことを、いつ考えついたのだろう。寿々は、千早に会ったことを親に言いつけたのだろうか。それで、形見を手に入れられそうだと判断したからだろうか。
　里見からの注進を受けて、渋江子爵は花蝶屋を疑ったはずだ。その疑いを晴らすために
も、煙草入れは絶対に千早から取り上げなければならなかったのだ。
（二度と会えないって、そういうこと……）
　華族のご令嬢ということになれば、確かにもう会えないのも道理なのかもしれない。で
も、それは寿々お嬢様の本当の家族についても同じだろうに。
「お嬢様……旦那様が、そんなことを？　親子の縁を切ることになるんじゃ……」
　親の顔も覚えていない千早とは訳が違う。千早からすれば花蝶屋の楼主は怖いところも
あったけれど、実の娘はそれこそ蝶よ花よと可愛がっていた。華族の暮らしと引き換えで
も、子爵家からの圧力があったのだとしても、お嬢様を差し出すとは信じられなかった。
「望むところよ。お父さんは嫌がったけど、私が押し切ったの」
　――でも、寿々お嬢様はひどく昏い笑みを浮かべて嘲った。千早が絶句する姿の何がお
かしいのか、喉を反らせて高い笑い声を響かせる。
「女郎屋なんて汚らわしい。私はずっと嫌だった。恥ずかしかった。学校でも家のことも
親のことも言えないで、いつバレて後ろ指をさされるかと気が気じゃなかった。……あん
たは、大門を出ないから、孤児だから知らないんでしょうけど！　だから親子の縁とか言
えるのよ！　せっかくの機会を、ゴミみたいに投げ捨てることができるのよ！」

歪んだものとはいえ、お嬢様が笑顔らしき表情を浮かべていたのは、ほんのわずかな間だけだった。お嬢様の、堂々とした明るい表情しか知らなかった千早には、どす黒い顔で彼女に指を突き付けて怒鳴り散らすのは知らない人にしか見えなかった。

「あんたよりはまだマシだから耐えられると思ってたわ。私は身体を売る訳じゃないから。同じ年ごろのあんたがいてくれて本当に良かった——それが、何よ！　実は華族のお嬢様!?　馬鹿にしないでよ！」

「お嬢様——」

馬鹿にしたりなんかしていない。千早はずっとお嬢様が好きだった。逃がしてくれて感謝していたし、恵まれた幸せな暮らしをしているものだと思っていた。目を逸らしたのは、投げつけられた言葉を受け止めきれなかった、逃避のようなものだっただろう。

でも、視線をさ迷わせたことで、千早はようやく気付いた。

（こんなに騒いでいるのに誰も来ない……？）

若い娘の大声に、暴漢でも現れたかと様子を見に来るのが普通だろうと思うのに。一度気付くと、辺りの様子はさらにおかしい。すぐ近くを多くの人が行き交っているはずなのに、話し声も足音も、まるで気配がしないのだ。

慌てて朔のほうを振り向くと、彼も気付いたようで、整った眉を寄せながら頷いた。見渡す仕草をするのは、異常の原因を探ろうとしているのだろうか。

「まやかしの術だ。ほかの人間は、誰も見えていないし聞こえていない……！」

先日、渋江家の使いから月虹楼を隠したのと同じことが、この場でも起きているらしい。

（でも、楼主様がやったことではないなら――）

四郎は、狐や狸が化かす技だと言っていただろうか。でも、姐さんたちがこの場に来るはずはなくて――立ち尽くす千早の目の前に、寿々お嬢様の手がにゅっと伸びた。

「千早がちゃんと来るか不安だったから……形見をくれるか心配だったから……私、九郎助稲荷にお参りしたの。そうすれば良いって言われたの。願いが叶いますように、ってお祈りして――あんたが来たってことは、お稲荷様は叶えてくれたのよね!?　それは、私のものよね!?」

「お嬢様、落ち着いて……！」

寿々お嬢様を躱したことで、朔と離れてしまった。草に足を取られてよろめきながら、千早は必死に声を上げる。

形見の煙草入れを持ってきたのは、これを見せればお嬢様の気を惹けて、話ができるかと思ったからだった。でも、この様子だと逆効果になってしまったようだ。今のお嬢様とでは、渋江子爵についてまともに話ができそうにない。

（出直すか……やっぱり、ほかの人に……!?）

考え事をしながらで、足もとの悪い河原で動き続けるのは無理があった、のだろう。千早は何かに躓いて転びかけた。でも、さっきの石段と違って、受け止めてくれたのは朔ではない。馴染みのない体温と体格に、千早の全身が粟立った。ただ、その相手の声だけは、嫌な聞き覚えがある。

「人間がこれほど必死に願掛けするのは久しぶりでしょう。さぞ嬉しいでしょうねえ、ご楼主様？」

「貴方――」

千早をしっかりと抱えて、口の端が耳元まで裂けるような、狐の本性を透かせた笑みを浮かべていたのは、以前、朔に追い払われて逃げたはずの里見だった。

「その娘を誑かしたのか。今度は花蝶屋に何を吹き込んだ？　――千早を、離せ！」

朔が立て続けに怒鳴ったかと思うと、ごう、と激しい音がして、千早の目の前が一瞬赤く染まった。ただのあやかしではない、お稲荷様の狐火だ。この前の夜も、朔が放った炎は里見を退けてくれた。でも――

（どうして……!?）

今の里見は、余裕たっぷりに笑っている。猫が喉を鳴らすような、くつくつという振動が、抱えられた千早の身体にも伝わってくる。

「嫌だなあ、私は何もしちゃいませんよ。渋江様にお叱りを受けて落ち込んでいるくらいなんだ」

　里見は空いたほうの手を伸ばすと、寿々お嬢様の襟首を掴んで引き倒した。あやかしは力も強いのか、お嬢様はあっけなく頽れて地面に膝をつく。高い悲鳴が響いて、千早は身を竦ませる。

「なんで、あんたが――何なの、離しなさいよ！　千早……っ」

　千早の名を呼んだのは、助けを求めてのことなのか。それとも、この期に及んでも形見の煙草入れを奪おうとしたのか。

　いずれにしても、里見はお嬢様がもがくのを許さず、首根っこを押さえて抵抗を封じた。どこにどう力を入れているのか、千早も身体をろくに動かせず、里見の高笑いを聞くことしかできなかった。

「この娘の発案ですよ。まったく人間は――というか、女は怖いもんだ。親を捨ててでも、良い暮らしがしたいって言うんですからね。あんまり強欲で感心したから、教えてやったんですよ。吉原での願いごとなら九郎助稲荷に、ってね」

「お前もその案に乗ろうとしたのか？　千早を攫うのではなく、形見を奪うだけなら見過ごすとでも思ったか……!?」

　羽織の裾を翻して、朔が叫ぶ。神様が、焦っているのだ。千早だけではない、寿々お嬢様がいるからだろう。

（どうにか、しないと……！）

気持ちばかりが逸るけれど、里見の腕から逃れることはできなかった。抱え込まれている上に、間近で暴れるお嬢様の手足が、時に千早にも当たって動きを妨げている。娘ふたりの儚い抵抗を見下ろして、里見だけが実に愉しそうだった。

「いいえ、いいえ！　渋江様のご落胤はこの千早って娘ですよ。逃げたほうだと、言ってしまいましたからねえ。実の娘同様に、なんて嘘八百を押し通されたら私の面目丸潰れだ。お稲荷様に祈ってもねえ、今どき何にもならないんですよ！」

「じゃあ、どうして！」

口ならば、なんとか思い通りに動かせる。やっと思い出して、千早は里見を睨め上げた。

（どうして、お嬢様を巻き込んだの……!?）

寿々お嬢様は、熱心にお参りをする人ではなかった。幾ら切羽詰まっていたとしても、千早をどう言い包めるかに注力するほうがこの人らしい。そういう、強い人だった。

なのに、見知らぬはずの里見に言われて稲荷詣でをするのはおかしいし、そうさせたのだって意味があってのことに違いない。

「何を、企んでいるんですか……!?」

千早の精いっぱいの詰問に、里見はおかしそうに、にい、と笑った。細めた目といい弧を描く口といい、人の姿なのにどうにも狐が重なって見える。

千早の耳に寄せる口も、尖ってヒゲと牙が生えていそうな——そんな、獣めいた恐ろしげな表情で、里見は猫撫で声で囁くのだ。

「月虹楼の楼主様はお優しいでしょう？　祈った人間を助けずにはいられない。ほら、狐火だって精彩を欠いていたでしょう。左右の耳に違うことを囁かれたようなものなんですかねえ、いっぺんに願いごとを言われたら、神様だって混乱してしまいますよねえ」

「里見……！」

厭味ったらしい視線を向けられて、朔が激した。彼の怒りを表すように、狐火が閃いて辺りを照らす――でも、それだけだ。里見が怯むことはもうない。

（私を助ければお嬢様の願いが叶わない。お嬢様を助ければその逆になる――）

だから、朔は動けない。憤りはしても、思い通りに力を振るうことができない。

千早の喘ぎによって、彼女が理解したことを知ったのだろう。里見はまた愉快そうに声を立てて笑った。あるいは、朔を嘲った。

喉を反らしてけたたましく笑う、その勢いのままに里見は腕を振り上げた。寿々お嬢様を捕まえていたほうの腕を。

「お宅様はもうこの娘の祈りを受け取った。叶えられるかどうかはまあ別として、見捨てたりは、しないですよねえ？」

「きゃ――」

千早の目の前で、お嬢様の長い髪が舞った。彼女たちは、いつの間にか川岸のすぐ傍まで引きずられていた。寿々お嬢様の手が、足が空中でもがく。人形のように軽々と放り投げられた身体が落ちる先は——草むらではなく、隅田川の中ほどだった。

「お嬢様！」

千早の悲鳴に、高い水飛沫が上がる音が重なった。そして、里見の得意げな哄笑が。

「隅田川に身投げ、なんて昔からよくあったでしょう！　さっさとしないと娘が沈んじまいますよ！」

「……待て！」

千早を抱えて跳び退った里見に、朔が叫ぶ。かつてない険しい声と表情に、千早は竦み上がる。そして同時に、隅田川の水面を乱す波紋を見てしまって悲鳴を上げる。

「——お嬢様を助けてください！　私は、大丈夫だから……！」

お嬢様が落ちたことを示す水面の乱れは、どんどん小さくなって川の流れに紛れてしまう。まやかしの術のせいか、助けてくれる者は現れない。見えても、聞こえてもいないのか——それとも、一瞬の水音は喧騒に紛れてしまったのか。

「く——っ」

千早を見て、里見を睨んで。朔が躊躇ったのは一瞬にも満たない間だったろう。

彼はこちらに背を向けて、川を目指して地面を蹴った。水飛沫の音がもうひとつ、響く。

神様の追手を退けたと確信してか、里見は千早を抱え直して土手へと跳び上がる。彼女の耳元に、くすくすと笑い含みに囁きかけながら。

「健気なことだねえ。あんなに口汚く罵られたのに」

「あなたが、させたんでしょう……！」

寿々お嬢様を巻き込んで、川に放り込んだのも。そうすることで、朔が助けざるを得ないようにし向けたのも。千早が促すことさえ計算のうちだったのだろう。

すべては、彼女を渋江子爵に差し出すために。

千早が精いっぱい睨んでも、里見が動じることはまったくなかった。

「そんな顔をするものじゃないよ。可愛げのない」

完全に侮られた悔しさに、強く噛み締めた唇を、里見の指がそっと撫でる。

「良い子にしておいで。爺様と婆様に会わせてやろう。優しくて素直な――可愛い孫娘との感動の再会だ。さぞ喜んでもらえるだろう……！」

八章　明治吉原　あやかし道中

土手に上がった里見（さとみ）は、待たせていたらしい人力車に千早（ちはや）を押し込んだ。続けて彼自身も乗車すると、車は滑らかに動き出す。車夫は、人間なのかあやかしなのか――いずれにしても、行き先を聞かされていたのだろう、こちらを振り向くことさえしなかった。

「どこに、連れて行くんですか……！」

隅田川（すみだがわ）の岸辺を彩る緑が、風のように流れていく。千早にとっては初めて感じる速さだけれど、楽しむ気にはもちろんなれなかった。

（せっかくの着物なのに……！）

織衣（おりえ）と白糸（しらいと）が、千早のために選んで着つけてくれた着物なのに。朔（はじめ）と並ぶなら恥ずかしくも嬉しかったけれど、里見なんかと逢引（あいびき）めいた姿になるのは情けなくて悔しかった。

「何、そう時間はかからないさ」

いっぽうの里見は、泰然と足を組んで車の揺れに身を任せている。それでも油断しきっている訳ではなくて、その腕は千早の腰にしっかりと回っている。恋人同士のような演技をしつつ、飛び降りることさえ許さぬ構えのようだ。

「この、すぐ後のことなら花蝶屋に向かう。さっきの娘の話は聞いただろう？　子爵様は、いかがわしい遊郭に直接足を運ぶくらいに苛立っておいでだ。そこで、娘同然に育てたから情が移ってしまった、つい療養中だなんて嘘を吐いてしまって云々と、お涙ちょうだいのお話をひと通り訴えたところに、娘が女学校から『ちょうど良く』帰ってくる、と──花蝶屋は、そんな筋書きを立てているらしい」

その筋書きを考えたのは、本当に花蝶屋の楼主なのだろうか。それとも寿々お嬢様なのだろうか。

育ての親が涙ながらに訴えたところに、さっそうと現れる華やかな少女──確かに、見栄えはするのだろう。千早から形見を受け取ることに成功していたら、疑う者もいなかったかもしれない。

（お嬢様は……そこまで……？）

実の親と別れて、一生嘘を吐き続けてでも、華族の令嬢になりたかったのか。そこまで、女郎屋の娘でい続けるのが嫌なのか。千早の一存で、その必死の願いを潰しても良いものかどうか──胸の裡に迷いが忍び寄るのを振り払って、千早は里見を睨みつけた。

「盗み聞きなんて卑怯です……！」

「花蝶屋の庭は獣が通り放題だぞ？　猫の餌を軒先に置いているだろう。いや、私は食ったりはしないが。猫だけでなく、犬も雀も鴉も──狐だって自由に出入りするさ」

里見の言葉に、千早は三毛猫の若菜のことも思い出す。お嬢様は、あの子のことも可愛がっていたのに。お嬢様が突然いなくなったら、若菜は寂しがるだろうに。……ううん、そもそも朔は間に合っただろうか。隅田川の流れは深いのに、ふたりとも無事だろうか。

(……ダメ。私は私にできることを考えないと……!)

迷いに加えて不安に気付いてしまうと、心まで身動き取れなくなってしまう。

(考えようによっては、思った通りになったじゃない。そうでしょう……!?)

捜していた渋江子爵に、会えるのだから。

自分を奮い立たせながら、千早は精いっぱい強気な声と表情を装った。

「私、子爵様にははっきり言ってやります。御家に入ったりしない、思い通りにならないって。そもそも、そのためにお嬢様に会おうとしてたんだから」

そうだ、渋江子爵には言いたいことがたくさんあるのだ。朔が傍にいてくれなくても、彼女ひとりでもできるはずだ。

「言うだけならご勝手に。お勧めはしないけどねえ」

にやにやと笑う里見は、小娘の覚悟など知れたものだと侮っているのだろう。実際、まんまと騙されて攫われかけた千早は見くびられても無理はない。

「……分かってもらいます。ううん、分かってもらえなくても! 大人しく捕まったままにはなりません」

どのみち、説得する相手は里見ではない。気力は渋江子爵と対峙した時に取っておけば良い。もう話をする気はないと、千早はそっぽを向いて里見の腹立たしい顔を見ないで済むようにした。――ううん、したかった、のだけれど。

「渋江様は、君を洋行させるだろうねえ」

「え……？」

さらりと言われたひと言が気になって、あっさりと里見のほうを向いてしまう。してやったり、と言いたげなにんまりとした笑みを見せつけられて、千早のお腹は苛立ちでかっと熱くなった。そこをまた、里見は逆撫でしてくるのだ。

「分からないかな。外国にやって勉強させるんだよ。亜米利加とか英吉利とかさあ」

別に、洋行の意味が分からなかった訳ではないのに。馬鹿にされているのが分かっていても、聞き返さずにはいられないのが悔しかった。

「……どうして、ですか。私なんかにどうしてそこまで……」

「だって、人の口に戸は立てられぬって言うだろう？　どれほど隠しても、子爵様のご令嬢が吉原出身だって噂にならないはずはない。いっぽうで、人の噂も七十五日、ってね。ほとぼりが冷めるまで君を人前に出さなければ、まあ何とかなるだろう。どうせ爵位を継ぐのは君の子だ」

女に爵位を継ぐことはできないのだそうだ。だから、渋江子爵が千早を――亡き若君のご落胤を欲しがるのも、血を繋ぎたいからというだけだ。千早は卵を産む鶏と同じくらいにしか思われていない。それは、分かっていたから良いのだけれど。

「二、三年して戻ったら、君は立派な淑女になってる。適当な婿殿も待っているんだろう。──そのころには、月虹楼も潰れているかな」

「そんな……！」

千早が腰を浮かせると、疾走する人力車が危うく揺れた。車夫がちらりと振り返って睨んだ気もするけれど、頭を下げる余裕はない。里見の言葉を、聞き逃さないようにするのに手いっぱいで。

「お稲荷様でも、海の向こうまでは手が届かない。月虹楼は最近繁盛しているようだが、君がいなけりゃそうはいかない。人の世から切り離されれば、時代遅れのあやかしどもは痩せ細るいっぽうだ」

「……それが、本当の目的ですか⁉ 葛葉姐さんだっているのに……！」

ことは、千早の身の上だけに関わるのではなかったのだ。里見は、なぜか朔と月虹楼を敵視している。

（長年の馴染みじゃなかったの……⁉）

江戸のころは、里見も喜んで月虹楼に通ったのだろうと、葛葉の口振りからはうかがえたのに。いったいいつから、そして、どうして。問い質したかったけれど──

「その、葛葉のためだ！」

口を開こうとした千早を遮って、里見は吼えた。赤い口の中にずらりと牙が並び、目は、怒りによってか金色に輝いている。獰猛な狐にしか見えない姿で一喝されて、千早が口を噤んだところに、里見はさらに捲し立てる。

「大昔に、江戸のころに見た遊郭に――その幻に、いつまでも囚われて！　今の時代にはもっと綺麗なものも美味いものも幾らでもあるのに……！　ドレスを着せて、鹿鳴館の夜会にも連れて行ってやりたかった。もたもたしてるうちに、すっかり寂れちまったじゃないか！」

葛葉を着飾らせて楽しませたいだけなのに、と。里見の言葉はひたすらに純粋にあの人を想うもので。伝わらなさに、悔しがる気配すら感じてしまって。千早は、目を瞬かせた。

（姐さんは、この人のことを怖い、って……）

花魁の弱みは、もちろん口に出せるものではない。まして、千早には男女の機微もあやかしの思いも分からない。

「そんな。無理やり連れ出せば良いってものじゃ――」

「人間の小娘が口を出すんじゃない」

そんなことだから、精いっぱいの反論に、里見はいっそう機嫌を損ねたようだった。先ほどの千早のようにふいと顔を背けて――そして、口の端が少しだけ吊り上がる。

「ああ――もう到着だ。大門を、人力車で通るのは初めてだろうな？」

言われて前方に目を向ければ、確かにちょうど、吉原大門を通り抜けるところだった。門といっても扉がある訳ではなく、漢詩を刻んだ石柱と、それを飾るガス灯が色街の内と外とを区切っているだけだけれど。たまのお遣いや外出では、徒歩で通るのが常だったから、車に乗った高さでの視点は確かに新鮮だった。ううん、そんなことはどうでも良くて。

（帰って来てしまったんだわ……）

もう戻らないと決めたはずなのに。――違う。千早は、以前の自分と決別するためにここに来たのだ。

花蝶屋はもうすぐそこだった。

＊＊＊

寿々の見開いた目に、歪んだ太陽が映る。隅田川の水の流れに遮られて、眩しいはずの輝きが、遠い。

（苦しい……助けて……！）

こぽり、と口から零れた泡が、水面に向けて虚しく伸ばした寿々の手をくすぐった。

空気を吐き出した分だけ肺が締め付けられて、喉に侵入した水が鼻の奥に突き刺さる。

咳き込もうとすれば、さらに空気を吐き出させられて苦痛が増す。

全身に纏わりつく着物が重くて、彼女を水底に引きずりこもうとしているようだった。

(なんで。どうして……！)

歯軋りした唇の間から、また泡が漏れる。もう少しのはずだった。渋江子爵の家紋の入った煙草入れさえ手に入れれば。千早を言い包めるなんて簡単だと思っていた。

女を売って男に媚びる、薄汚い稼業の家と縁を切れる——願いが叶う、ところだったのに。

(お稲荷様にも祈ったのよ。お供えをして、手を合わせて……！)

どうしてそんなことをしようと考えたのか——朦朧とし始めた頭では、上手く思い出せないのだけれど。

『吉原の九郎助稲荷はね、良いご利益があるんだよ』

そうだ、あの洋装の男だ。家を出たところで話しかけてきた、見知らぬ男。

胡散臭い物言いだった。普段なら耳を傾けずに無視を決め込んでいただろうに、なぜか目を向けてしまった。若菜に少し似た、金色の目をしていた。

それとも、あの獣のような目を見たから、だっただろうか。魅入られたように、頭がぼうっとして——信じ込んでしまったのだ。祈れば願いが叶うだなんて、世迷いごとを。

(嘘だったじゃない)

明らかなでたらめを真に受けてしまった自分がおかしくて、寿々は少し笑う。もう、唇から泡が漏れることもない。今だって助けて欲しいと切に願っているのに、彼女は沈んでいくばかり。娼妓が苦界に沈むとはよく言うけれど、寿々も吉原に生まれた女の運命から逃れられないのか。

（もう、良いわ……）

思い通りにならないことばかりの人生なんて。花蝶屋だなんて汚れた鳥籠の世話をして暮らしていくなんて。

籠の鳥も籠の主人も、どうせ囚われの身であることに変わりないのだから。

諦めて手足の力を抜く――けれど、寿々の身体の下に、「何か」が入り込んだ。

小さくて温かいものが、ふたつ。それらは、彼女の身体を持ち上げようと、何やらもがいているような。どうにも非力らしくて、寿々は水の流れとその「何か」に翻弄されるような格好になる。

（何なのよ、もう……！）

最期に何を煩わせるのか、と。霞んだ頭の隅で地団太を踏んだ時だった。ふわり、という感覚と共に寿々の身体が上へ、水面へと向かう。頼りない「何か」よりも「それ」は力強く、はっきりとした意図をもって彼女を引っ張っているような。それに助けられてか、最初のふたつの「何か」も下から後押ししたようで――

気が付くと、寿々は岸辺で盛大に咳き込んでいた。

目も鼻も痛いし、口の中を泥の味が満たしている。濡れて絡み付く髪は首を絞めるようだし、着物が肌に貼り付く感覚も不快だった。

でも——とにかく、彼女は生きている、らしい。

とめどなく滴り落ちる雫を拭い、呑み込んだ水を吐き出し、目を擦り——ようやく人心地ついたところで、寿々は傍らに小さな人影がふたつ、彼女と同じく濡れ鼠になっているのを視界に入れた。濡れ「鼠」というか——猫の耳を頭につけた女の子が、くしゅんくしゅんと小さくくしゃみを連発している。

「な、何よ……その格好。ふざけてるの……？」

よく見れば、その子たちが来ているのは大昔の禿さながらの派手な振袖だ。濡れて崩れた髪も、元はたぶん桃割れに結っていたのだろう。髷を飾っていたはずの手絡も、質の良い縮緬のようだった。何かの仮装にしては、三角の耳がどうにも浮いている。

（尻尾までついてるし……）

状況も忘れて指さしてしまうくらいには、その子たちの格好は不審だったのだけれど。

眉を寄せる寿々に、ふたりは揃って絵に描いたような心外、の表情を見せた。

「ふざけてなどおりいせん」

「正真正銘の、本物でありんすよ！」

ふたりが頬を膨らませるにつれて、三角の耳はぴんと立ち、尻尾はびたびたと地面を叩いて雫をまき散らす。……まさか、自分の意思で動かせるはずはないだろうに。

「瑠璃。珊瑚。後をつけていたのか。無茶なことを……！」

と、ふたりの背後から大きな手がにゅっと伸びて、白と黒の猫耳を寝かせた。というか、叱る調子で頭を押さえた、のだろうけれど、寿々は頭から生えているとしか思えない猫耳から目が離せない。

「だって、猫の匂いがしたのでありんすもの」

「わっちらの妹分じゃ。様子が知りとうて……」

へんてこな風体のふたりが代わる代わる訴える相手は、あの綺麗な男の人だった。千早を匿っているとかいう、胡散臭い人。千早に懸賞金がかけられているのも知らないなら、とんだ間抜けだと思っていた。

それでも、どうせあの娘を騙して売り飛ばす肚だろうと思っていた――思いたかったのだけれど。でも、この人はどこまでも千早を庇っていた。

寿々が唇を噛んだ時、禿めいた少女たちが、同じ速さでくるりと彼女へと振り向いた。

「主は、三毛を飼っておりんしょう？　匂いで分かるのじゃ」

「三匹いたうち、気に入ったのを一匹だけもらったのであろ」

「ちょっと……若菜を、知ってるの……？」

飼い猫のことを言い当てられた不気味さに、寿々は怯んだ。同時に頭の中に蘇る声がある。幼く高い少女の声は、かつての彼女自身のものだ。花蝶屋の近所の小見世で、子猫が生まれたからもらって欲しいと言われた時のことだった。

『三毛が良いわ。華やかだもの』

『白黒の対はどうだい？』

『二匹もいらないわ』

ふわふわの毛玉のようだった若菜を抱いて、寿々はさらりと言ったのだ。自分のものになる子猫のことで頭がいっぱいで、自分の言葉の結果は深く想像していなかった。今の今まで、ほとんど忘れていた。

（あ――）

でも、完全に、ではない。その見世の若い衆の、やはりあっさりとした声が耳に蘇る。

『じゃあ、こいつらはお歯黒溝に沈めるとするか。勝手に殖えても困るからな』

目の前の不思議な禿たちの耳と尻尾は、白と黒。あの時の子猫と同じ――それに、目も。

あの洋装の男のように、人間にしては大きく、色も金色で、瞳孔も縦に裂けていて。

あの子猫たちだ、と思った瞬間、寿々は尻で後ずさりしていた。

「あ、あんたたち……仕返しなの⁉　わ、私のせいで、溺れさせられたから……」

さっきの苦しさを、きっと子猫たちも味わったのだ。川に投げ込まれたのは、同じ目に遭わせてやろうということに違いない。でも——

「仕返しとは何のことじゃ？」

「主には何の恨みもないぞ？」

「楼主様は優しくて、姐(ねえ)さんたちも綺麗なのに」

「毎日が楽しいのに、のう」

ふたりは、またも同じ速さで首を振った。そして、にっこりと笑う。

「水を呑んで死ぬのは苦しいからの」

「わっちらもよう知っているからの」

間に合って良かった、と。子猫の幽霊——だかなんだかは素直に喜んでいるのだと知って、寿々は目を剝(む)いた。そうだ、この子たちは確かに溺れ死んだ猫なのだ。なのにどうして、こんなに無邪気に、嬉(うれ)しそうに——幸せそうに、しているのか。

（千早も、そうだったわ……）

不幸を嘆けば良いし、寿々の裏切りを責めれば良いのだ。

そうして、寿々より哀れな存在なのだと確かめさせて欲しいのに。そうすれば、自分は少しはマシな立場にいるのだと思えるのだろうに。

「間に合うて良かった」

「恩に着るのじゃ」

なのに、どうして思った通りにならないのだろう。生まれてすぐにお歯黒溝の汚水に捨てられた子猫でさえも、ふわふわと笑っているのに。

（私は、どうして……!?）

千早を逃がしたのは、咄嗟の判断にしては上出来だったはずだ。父に、身代わりのことを提案して了承させたのも、千早と再会したのを幸いに、形見を差し出させるのも。

彼女は頑張ったし、もう少しで成功するところだったのに。

「三人、掬いあげるのは難儀だったぞ……」

地面についた手で、草の葉を握りしめた時——溜息交じりの男の人の声が、思いのほかに近くから聞こえてきた。

寿々が目を上げると、例の美形の顔が間近に迫っていて悲鳴が漏れそうになる。この人もやはり水に飛び込んだのか、艶やかな黒髪は濡れていっそう艶を増し、身体に貼り付く紬が身体の線を見せている。水も滴る、なんて陳腐極まりない表現が頭を過ぎった。

しかも、彼の深い色の目は、ひたと寿々を見つめている。釘付けにされた思いで固まる彼女に、その人はゆっくりと、丁寧な口調で語りかけた。

「里見——さっきの男は、渋江子爵に会いに行くはずだ。貴女は居場所を知っているか？千早を取り戻さなければならない」

また千早か、と思った。綺麗な男の人と並んで綺麗な着物を着ていても、どうせ売られるまでのことだからそれほど羨まずにいられたのに。

（あの子を助ける気なんだ、この人……）

彼女を助けたのだって、子爵の居どころを聞くためだけなのだ。自分の存在がそのていどだと思うと面白くなくて、寿々はふいと顔をそむけた。

「……なんで私に聞くの。貴方、千早の情人でしょう。私は、あの子を――」

「貴女は千早が子爵令嬢になるのを望まないのだろう。それとも、千早にとって不本意な結果になるなら何でも良いのか？　……そうではないと、思うが」

けれど、辛抱強く寿々に語り掛ける声は、思いのほかに真摯な響きを宿している……かも、しれない。きっと、千早を案じているからなのだろうけど。まるで、寿々の昏く淀んだ心の中まで見透かされているようで。案じられているようで。……落ち着かない。

寿々はちらりと、その人のほうを横目で見てみる。

「貴女の願いも叶えたい。さっき、助けてと言っただろう。水の中から、というだけではないと思うが」

「そんなこと言ってない！」

本当に、口に出しては言っていないはずだ。何しろ溺れている最中のことだし。でも、その人の目は、嘘偽りを言っているようには見えない。ひたすら真っ直ぐで、優しくて。

（女を騙す男はみんなこうなのよ。息をするように嘘を吐けるんだから……！）

花蝶屋の女たちが馬鹿な恋で借金を重ねていくのを、それを舌なめずりして眺める父の姿を、寿々はずっと見てきたのだ。

「俺には聞こえるんだ。その、聞こえた感じだと……貴女の願いと千早のそれと、同時に叶えられそうな気がする」

ましてや、こんな訳の分からないことを信じられるものではない。世迷い事を真に受けるのは、神頼みだけで十分だ。そう、心に念じるのだけれど。

「……たぶん……うち、だわ……」

固く結んでいたはずの唇から、言葉が漏れ出ていた。自分でも気づかないうちに、自分のものではないような掠れた声で。

「うち？」

「花蝶屋よ。子爵様が、来ているはず……」

寿々を、迎えに来てくれるはずだったのだ。今日からは、彼女は子爵家のお屋敷で寝起きできていたはずで――でも、その想像をしても、もう不思議と胸が弾まない。

（千早は、そうなったとしても笑ってたわ、きっと）

あの鈍さを思うと、今でも苛立ちが込み上げてくる。泣かせてやりたいと思ってしまう。でも、そんなことをしても寿々の気は晴れないのだ。もう、気付いてしまっていた。

（じゃあ、どうしてくれるってのよ⁉）

偉そうなことを言った相手を思い切り睨みつけると、その男はすっと立ち上がった。

「そうか」

濡れそぼった男の身体が炎に包まれた気がして、寿々は目を瞠る。いや、男だけではない。炎は彼女の身体も舐める。

（え？　え？）

熱さを恐れて髪や腕を払う、ほんの数秒のうちに炎は幻のように消えた。すると、彼女の肌も着物もすっかり乾いていた。

「瑠璃と珊瑚は見世に戻れ。応援を連れてくるんだ。俺は、この娘と花蝶屋に向かう」

「あい」

「直ちに」

振袖の裾を乱して走り出した猫の禿たち——その耳も尻尾も、陽だまりにいたかのようにふんわりとしていた。手を繋いで駆けるふたりの背は、それこそ猫が四つ足で走るように素早いから、すぐに視界から消えたけれど。

「では、行こうか」

呆然として座り込んだままの寿々に、男の人は手を差し出した。そうするのが当然だとでも言うかのように、彼女が同行することを、疑ってもいないかのように。あまりに自然だったから、思わず——本当に、思わず——寿々もその手を、握り返してしまった。

＊＊＊

人力車が花蝶屋の前で停まると、里見は千早を抱えて座席から下ろした。まるで荷物扱いだ。身体が密着する恥ずかしさに、雑な扱いへの憤りが加わって千早は唇を嚙む。

（落ち着いて……これは、好機でもあるんだから……！）

今日、こんなにも早くになるとは予想していなかったけれど、渋江子爵に何を言うかは考えてある。寿々お嬢様の激昂を聞いた後だと、いくらか増えてさえいるくらいだ。

月虹楼で、彼女は変われたはずだ。先のことなど考えずにぼんやりと過ごしていたころとは違って、やりたいことも守りたい場所もできた。

（奪われて、堪るものですか……！）

千早が決意を新たにする横で、里見は無造作に花蝶屋の暖簾を潜った。

「どうも、上がらせてもらいますよ」

まだ昼間の早いうちで、娼妓たちはまだ眠っていてもおかしくない時刻だった。でも、その割に見世の中が騒ついているのは、やはり渋江子爵が訪れているのだろう。貴い御方の存在に、誰もが落ち着かずに様子を窺っているのだ。

「すみません、まだ見世は開いてなくて——」

「知っていますよ。ちょいと、失敬」

立ちはだかろうとする若い衆を軽く押しのけて、里見は遠慮なく足を進める。彼に引きずられた千早とすれ違う瞬間、その若い衆の目は面白いほどまん丸く見開かれた。

「千早!? お前、いったい今まで——いや、なんで、今……!?」

「すみません、ご無沙汰してます」

たぶん、千早を追いかけて四郎ののっぺらぼうに驚かされたうちのひとりなのだろう。人の世の吉原界隈を、彼女を捜して右往左往してもいたはず。そう思うと、あの時の恐怖よりも申し訳なさが先に立って、千早は素直に頭を下げた。

「花蝶屋さんは、内所ですよね？」

幽霊か、それこそあやかしでも見たかのように若い衆が立ち竦んだ隙に、里見はさらに見世の奥へと入り込む。もちろん、千早の胴に腕を回して拘束したままだ。遊郭の造りはだいたい似たり寄ったりだから、案内されるまでもないのだろう。

「あ、こら、お客が来てるんだぞ！」

「存じてますよ。こちらの旦那より、そのお客様に用があるんでねえ」

言い合いながら廊下を進むうちに、千早にも聞き慣れた声が聞こえてきた。寿々の父——花蝶屋の楼主の声だ。

「――娘はもうじき帰って参ります。よく躾けて、あいや、華族様のご令嬢にははなはだ僭越ではございますが、とにかく良い娘ですので。きっとお気に召して――いやあの、やんごとない御血筋を、感じ取っていただけるものと……！」

ご落胤について説明するはずが、客に娼妓を売り込むようなもの言いが混ざるのが少しおかしくて、そして悲しくもあった。だって、花蝶屋が語っているのは実の娘についてのことなのだから。

（お嬢様は、本当にお父さんがこんなことを言うのを望んでいたの……？）

寿々お嬢様の姿を頭に思い浮かべる前に、里見は千早の背をとん、と突いた。

内所とは見世の一階を見渡す場所だから、壁や襖でしっかりと区切られている訳ではない。花蝶屋と、恐らくは相対する渋江子爵の姿を遮っていたのは形ばかり置かれた衝立だけで――

「きゃ――」

突き飛ばされた千早は、その衝立を押し倒して転がった。痛みを堪えて身体を起こすと、そこには目と口をぽかんと開けた花蝶屋の、福々しい顔がある。

「ち、千早……!?」

そして、お尻のほうからは重々しく冷ややかな声が響く。

「なんだ、お前は。そのほうは――里見と言ったか？　何をしに参った」

千早は、慌てて衝立の上から退くと、畳の上に正座した。花蝶屋と、「その人」の間のあたり、ふたりに同時に顔向けできるような位置に。不躾だとは思いながらも、「その人」の顔をまじまじと見つめてしまう。

（この人が、私の……？）

痩せた、年配の紳士だった。確かに千早の祖父に相応の年のころに見える。

子爵というと洋装の軍服に勲章を下げている姿を思い描いていたけれど、私用だからか和装の袴を纏っている。さすがに身分を伏せているからだろう、紋付ではなかったけれど。

温かい情が湧くはずは、なかった。

父のことは何も知らず、母の記憶もほとんどないのに。

子爵は、千早のことを孫と認識してさえいないだろう。物見高い小娘が粗相をしたと思っているなら、眉を寄せているのも得心がいく。

ただ――それにしても、冷たい眼差しで、冷たい表情だった。まるで、その辺の石ころでも見るかのような。これが、世が世なら旗本の殿様だった人なのだ。

気圧されたように固まる千早の横に、里見もさっと腰を下ろした。窮屈そうに見える洋装なのに、正座もできるらしい。

和の設えに、西洋式の上下はどうにも不釣り合いだったけれど、里見は気にした風情もなく笑っている。それはもう朗らかに、揉み手をせんばかりの腰の低さだった。

「覚えていただけて光栄ですねえ。いえ、私は女郎屋なんぞに騙されませんように、って
ご注進に上がったまでですよ。言ったでしょう？　ご落胤の居どころに心当たりがあると。

こうして、ちゃあんと連れて来たんですよ！」

「な――」

花蝶屋が絶句する声を聞きながら、千早は糸のように細まった里見の目線を受け止めた。

言いたいことがあるなら言ってみろ、と。その三日月のように笑う目は告げていた。

（ええ、言ってやるんだから！）

唇を噛んで、深く息を吸って――そして、千早は三つ指をついて頭を垂れた。

「花蝶屋の下新造の、千早と申します。旦那様には、亡き母ともども『とても』良くして
いただきました」

絶対に聞き逃せないような含みを持たせた上で、懐に手をやる。一連の騒動にも拘わら
ず「それ」はしっかりとそこに収まっていてくれた。

「母の形見が、これです」

蒔絵細工の輝きが、燦然と煌めいた。渋江子爵にとっては、きっと見慣れた紋だろう。

五瓜に唐花――千早の父である若殿様が、母に、馴染みの女に贈ったもの。

「……花蝶屋よ、これはどういうことだ……？」

「こ、この娘は嘘を吐いています！　手癖も悪いから追い出したところで――これは、う

ちの娘のものです！」

子爵にぎろりと睨まれて竦み上がった花蝶屋に、里見が追い打ちをかけた。

「嘘吐きも手癖が悪いのもお前の娘のことじゃないかねえ。幼馴染の幸運を妬んで、形見の品を巻き上げようとしたんじゃないか」

「貴様、何を根拠に……！」

怒りか、あるいは動揺によって声が出ない様子の花蝶屋に、里見はなおも迫る。片膝を立てて身を乗り出して、洋装でなければ歌舞伎の一幕のようだったかもしれない。

「形見の品は、今の今までこの見世にはなかった。こっちの『本物』が、持ってたんだからねえ。早とちりで逃げたのを、お前の娘が見つけ出して、思い出に欲しいと泣き落として――それで、手に入る目途が立ったから、今になって子爵様を呼びつけたんだろうが！」

「違う！　手塩にかけた娘を手放すんだ、そうやすやすと決められるか！」

里見は、花蝶屋をやり込めて、その主張の苦しさを子爵に見せつけているつもりなのだろう。ふたりの間で視線を左右に動かす渋江子爵は、確かに迷って悩んでいるようだった。

千早にとっては今が好機だった。里見の注意が逸れた隙に、子爵にそっと呼び掛ける。

「――子爵様は、どちらを信じますか」

「……何だと」

子爵は、軽く目を見開いて千早に注意を移した。まるで、彼女が口を利けたこと、それ自体が意外だったとでも言うかのように。

（卯——お世継ぎを生むための鶏が喋り出したら、驚くでしょうね）

というか、そもそもこの人は千早がご落胤だとはまだ認めていないのだったか。

それなら、見ず知らずの遊郭の小娘に話しかけられるのは、華族様としては不本意なのかもしれない。でも、千早がそんなことを気に懸ける必要はないだろう。

「旦那様も里見さんも、子爵様はそんなにご存じないでしょう。胡散臭い……怪しい連中だと思っていらっしゃるでしょう。大事な跡継ぎのことを、こんな人たちの言葉を真に受けて決めてしまって良いんですか？」

「寿昭が入れ込んだ女がいるのは確かなことだ。事実さえ明らかになれば——」

子爵が言い切らなかったのは、彼自身も気付いているからだろう。事実なんて、不確かなものでしかないのだと。千早は、すかさず畳みかける。

「旦那様は花蝶屋の人たちに口裏を合わせるように言ったかもしれない。問い詰めれば違うことを言う人もいるかもしれないけれど、旦那様に恨みがあるからかもしれない。里見さんだって、都合の良い証人を用意することぐらいできるでしょう」

「……だから、何だ。お前の言うことこそが真実だとでもいうのか」

子爵が目を細めた。たぶん、この件については色々な人が色々なことを言ったのではないのだろうか。それをひとつひとつ吟味して、中にはすぐに嘘や欺瞞が露見したりもして、すっかり疑い深くなっているのでないかと思う。

「まさか」

騙されたことに対しては気の毒に思いながら、それでも千早はあっさりと首を振った。

「十六年も会おうとも、捜そうともしなかったのに、今さら祖父だの孫だの御家だの言い出すなんて無理な話です。形見を持ってるかどうかで確かめられると思っていたなら、これだけお返しいたします。ご都合の良い相手に渡せば良いんです。私でも寿々お嬢様でも、誰かほかの娘さんでも」

言い切ると、千早は畳に置いていた形見の煙草入れを、渋江子爵のほうへ押しやった。

寿々お嬢様があれほど欲しがった品ではあるけれど、千早にしてみればこんなものがあるから、としか思えない。

気付けば、里見も花蝶屋も口を噤んで彼女を見つめていた。

言いたいことはあるのだろう、口を開閉してはいるけれど、どうすれば子爵を納得させられるか分からないから言えない、という様子だ。その点、千早は気に入られようとか機嫌を取ろうとか思っていないから楽なものだ。

「でも、もしも私にくださったとしても――私は、嫌です。娼妓の娘でも、あるいはだからこそ、ものみたいにやり取りされたくはありません！」

「小娘が、無礼な――」

　腰を上げて怒鳴ると同時に、子爵は拳を振り上げた。殴られるのを予想して、千早はぎゅっと目を瞑る。――そこへ、何人かの慌ただしい足音と話し声が耳に飛び込んでくる。

「お嬢さん、今はいけません！」

「あの、予定と違って――」

「いいの。私はお父さんに用があるんだから！」

　寿々お嬢様の声だ。はっと目を開けた千早の視界に、矢絣模様の小袖が翻った。

　お嬢様は、いつものはきはきとした所作で、千早の隣に座り、流れるように三つ指をつく。里見によって隅田川に突き落とされたのに、髪も着物もまったく濡れていないのが不思議だった。

「お初にお目にかかります、渋江子爵様。花蝶屋の娘の、寿々と申します」

「ほう、お前が……？」

　寿々お嬢様を見る渋江子爵の目は、千早に対するものよりはいくらか感情が籠っていた。石ころや鶏ではなく、少なくとも、人間を品定めしようという目つきだった。

（お嬢様は、何を言い出すの……？）

　また、埒もない水掛け論が始まってしまうのか、と。千早は息を呑んだ。けれど――

「心配いらない。あの娘にも自分の願いが分かっている」

「楼主様！　来てくれたんですね……！」

朔が耳元に囁いてくれたから、心はすぐに軽くなった。朔が、寿々を連れてきてくれたのだ。それならもう大丈夫。この神様は、とても優しいのだから。

「な、なぜもう来たんです⁉ あっちの娘の願いで身動き取れないはずなのに！」

里見が、狼狽えた様子で喚いているけれど、誰も応えるものはいない。渋江子爵の注意も、もう千早ではなく寿々お嬢様に向いていた。

「お前が、そうか。花蝶屋の申す通り、確かに悪所には似つかわしくない佇まいだが……」

たぶん、千早よりもお嬢様のほうが子爵令嬢には相応しいと思ったのだろう。その辺り、お嬢様の評価は正確だった。

でも、子爵が喜んだ風でもないのは、里見や千早のせいで疑心暗鬼になっているからだ。ひとりふたりの言葉でひっくり返る──華族の血なんて、そのていどのものなのだ。

「そう、そうでしょう。大事な娼妓が遺した子なので、責任を持って、我が娘同然に──」

また長々と口上を述べかけた花蝶屋を、けれどお嬢様はあっさりと遮った。

「嘘」

「お父さんは、娼妓を大事にしたりしないでしょ。いつまでも借金を返せないように、何かと工夫してるじゃない。千早だって、そう。いずれ搾り取れると思ったから見世に置いていたのよね？」

一瞬だけ千早のほうを向いたお嬢様は悲痛に顔を歪めていた。

よく言われたように、千早を哀れんだのか。何か——悪いと思ってくれたのか。問う隙もないまま、お嬢様は父親のほうへと顔を戻した。

「私は、華族の令嬢になりたかったんじゃない。女郎屋の娘が嫌だったのよ！　どうして見世を畳むって言ってくれなかったの？　私が本当に大事なら、なんで——っ」

「お前……親に向かってその口の利き方は、何だ！」

寿々お嬢様の叫びを呆然と聞いていた花蝶屋は、我に返ると娘に思い切り平手打ちした。

身が竦む——だって、千早もその痛みを知っているから——鋭い音に、寿々お嬢様の悲鳴が重なる。しかも、一度打っただけでは飽き足らず、花蝶屋は憤然と立ち上がると倒れたお嬢様を足蹴にした。

「見世のためにもなると、言ってただろうが！　お前が上手くやるからと——孝行娘だと思ったのに、この、恩知らずが……！」

「や、止めてください……！」

お嬢様が箱入り娘だったのは本当で、千早が知る限り手を上げられているのは見たことがなかった。慌てて割って入った千早の肩や背に、鈍い痛みが走る。下に庇ったお嬢様は無事だろうか、と。覗き込もうとするのだけれど——

「もう良い！　見苦しい！」

千早の肩が、強く引かれた。頭ごなしの荒々しい声の主は、渋江子爵だ。それぞれの言い分に耳を傾けるのを止めて、業を煮やして立ち上がったらしい。きっと、華族様はここまでも歩いて来たりなんてしていないのだろう、真白い足袋がやけに目に眩しい。

年齢に似合わぬ力強さで、子爵は千早の腕を捩じり上げた。千早、と。寿々お嬢様の喘ぐ声が耳に入る。

「痛……っ」

腕を引っ張られて腰を浮かせた千早の耳元で、渋江子爵が怒鳴る。

「語るに落ちるとはこのことだな。とんだ茶番だ……！　寿昭の胤は、こちらなのだな。躾はなっていないが、儂が性根を叩き直してやる……！」

子爵の怒りの矛先は、その場の全員に向かっているようだった。

高貴な御方を無視しての言い合いに、そもそも欺こうとされていたのが露見したことに。矜持を傷つけられた鬱憤の捌け口が、千早だった。でも、彼女はもう怯んだりしない。

「私は、行きません！」

強く叫んで――そして、朔のほうへ目を向ける。この人は――この、神様は。助けを求める声には必ず応えてくれる。

「楼主様――」

ほら、朔はこんなにも嬉しそうに頼もしく微笑んでいる。

「分かっている」

朔がしっかりと頷いた。と、思うと、その場の空気が変わる。清らかに、静やかに。猥雑な遊郭にいるはずなのに、まるで神社にいるかのような。誰もが口を噤んでしまって、微かな呼吸の音さえ耳につく――その静粛さを確かめるように、朔は一同を見渡した。

「娼妓見習いの千早。花蝶屋の娘、寿々。お前たちは九郎助稲荷に願掛けした。社を守る者として、吉原のか細き祈りの声に耳を傾ける神として――その願いを叶えよう」

寿々お嬢様が小さく息を呑んだのが聞こえた。お嬢様は、朔の本性のことを知らなかったのかもしれない。というか、そうそう信じられるものではないのだろうけれど。

現に、渋江子爵は摑んでいた千早の腕を放って、顔を赤くして朔に詰め寄っている。

「なんだ、貴様は。稲荷？　神？　明治の世に何を世迷いごとを――」

不躾に指を突き付けられても、朔は軽く苦笑するだけだった。子爵の胡乱な眼差しも、もっともだと言うかのように。

「世迷いごとになるところだった。千早がいなければ、もう少しで。だが、今は違う」

朔は、流し目で千早に微笑みかけた。彼女のお陰だと、言ってくれたのだろうか。

その黒い目に宿る温かさに、微かに持ち上がった口元が湛える優しさに、千早が真っ赤になったのは見られてしまっただろうか。

彼女が頬を押さえるのとほぼ同時に、朔は高らかに宣言した。

「千早の願いも寿々の願いも、要は鳥籠を出ることだ。寿々を捕える鳥籠は、俺の狐火が燃やしてやろう」

「え……？」

寿々お嬢様の戸惑いの呟きに応じるように、ごう、と空気が鳴った。

里見に対して振るったのと同じ、朔の力が作り出した炎だ。でも、以前に見た時よりも炎の勢いはずっと強い。

一瞬にして立ち上がった火柱が、花蝶屋の天井を舐める。高さだけでなく、横にも膨れ上がって柱に襖に燃え移る。

ゆらゆらと揺らめく炎は、室内のあらゆるものを真紅に染めて、影を黒く濃く躍らせる。

「ひ――か、火事だ……！」

内所で起きた異変を、すぐに見世中が察したようだった。二階からは激しい足音が響き、若い衆の悲鳴のような叫びが炎の轟音を縫って聞こえてくる。

「水を、早く！」

「余所に移すな！」

江戸の御代から、吉原は何度となく大火に見舞われている。塀とお歯黒溝に囲まれた中に遊郭が密集する街の造りゆえに、火にはめっぽう弱いのだ。花蝶屋からの出火で周囲の見世に被害を及ぼす訳にはいかないという焦りは、当然のものなのだけれど——

「必要以上には燃やさないのに。要らぬ心配だが——ものでないものも、燃えるかな」

逆巻く炎の激しさと、右往左往する見世の者の狂乱を余所に、朔は涼しげに楽しげに笑っている。謎めいたことを口にしておいて、彼が視線を向けるのは、今度は寿々お嬢様のほうへ、だった。

「千早への後ろめたさも蟠りも、共に灰になれば良い」

「貴方——」

朔と千早の間で、視線をさ迷わせては絶句するお嬢様の髪にも着物にも、炎は移っていなかった。それを見て、千早はようやく安堵する。狐火は、燃やす相手を選べるらしい。渋江子爵の着物の肩に、袴に、降った火花が燻っているのは——ならば、わざと、なのだろう。

「そしてもうひとつ、己が血筋への妄執も、俺が焼き切ってやる」

「ひ——」

朔の言葉までもが炎を纏って灼けているようだった。熱さだけではなく、怒りを帯びた視線と声を浴びて渋江子爵は顔を引き攣らせる。

「こ、こんなところにはいられるか——儂は、帰るぞ……！」

「は、はは……っ」

危うい黒い煙と焦げ臭い異臭を纏って、渋江子爵は一目散に逃げだした。主君を守るため、供の者らしい男たちがあるいは露払いをし、あるいは子爵の盾になって降りかかる火の粉を受ける。

逃げていくのは、渋江子爵一行だけではなかった。千早の目の端を、いつかも見た金の尻尾が駆け抜ける。

「何度も焦がされて堪るものかよ。三十六計、逃げるにしかず、ってね！」

負け惜しみの捨て台詞は、ごう、と燃える炎の音に掻き消された。でも、里見はまた上手くすり抜けたのだろう。煙の向こうから、狐の甲高い鳴き声が嘲るように響いてきた。

「もう少し懲らしめてやりたかったが……」

朔も、悔しそうに呟いた。千早も、反省の色がまったくない里見の態度に不安しかない。

(この場は引き下がってもらえた、けど……)

喉元過ぎれば、とはよく言うものだ。炎から逃れて我に帰れば、子爵はまた千早を手に入れようとするかもしれない。里見も、つけ込もうとするだろうか。

「楼主様」

気に懸かりはするけれど——今は、ほかにやるべきことがある。

「私の願いは——まだ、あります」

即興で、準備もろくにできていないけれど。神隠しを演じるならば、今をおいてほかに機はない。人ならざる力を見せつけて、朔に火中から攫ってもらうのだ。

千早の言外の言葉を聞き取ってくれたのだろう、朔は微笑んで頷いた。

「ああ、そうだな。俺の願いでもあるんだ、忘れたりするものか」

朔が言うと同時に、ひと際大きく炎が巻き上がった。

花蝶屋の屋根の一部が崩れ、二階の花魁が逃げ惑って翻す、着物の裾が目に入った。青い空を赤い炎が彩り、煙が立ち上る。

そして――熱風に乗って、どこからか涼やかな声が聞こえてくる。

「ああ――花蝶屋とは『そこ』でありんしたか」

「禿ども、勢いよく走ってきたと思ったら、見世の場所は知らぬ、などと」

月虹楼の、姐さんたちの声だ。

(人の世に、来てくれたの……!?)

辺りを見渡しても、炎に阻まれて見えないのだけれど。でも、馴染んだ声が幾つも、その主がすぐ傍にいるかのようにはっきりと聞こえた。

「も、申し訳もございいんせん……」

「だって、夢中で」

瑠璃と珊瑚は――この声の調子だと、へちゃりと耳を寝かせているような気がする。

言われた仕事を忘れて遊んでいた時なんかに、よく見る姿だ。今はいったい何をしでかしたのだろう。

「楼主様が派手に狐火を上げてくださって助かりましたねえ」

四郎が良かったところを探すのも、よくある一幕だ。月虹楼では滅多にないけれど、ちょっとした諍いや、煩いお客が帰った後に、これでおしまいと言うかのように朗らかな笑顔で締めくくってくれるのだ。あの、のっぺらぼうで場を和ませながら。

「まったく、ろくに準備もできておりいせんのに」

「わっちらは十分きれいだもの、まあ良しといたしんしょう」

溜息交じりの声に、軽やかに笑いを含んだ声。いずれも艶を帯びた、涼やかな――唇を尖らせる葛葉花魁と、口元に手をあてる芝鶴花魁の姿が目に浮かぶ。

(ああ――皆さんが……)

月虹楼のあやかしたちが、揃って迎えに来てくれたのだ。まだ計画を立てていたところだというのに、駆けつけてくれた。煙の刺激ではなく、喜びと安堵によって千早の目を涙が潤ませた。

＊　＊　＊

真昼の吉原を、慌てふためいた叫び声が叩き起こした。

「花蝶屋で火が出たぞ！」

「何だと⁉」

「喞筒を持ってこい！」

この色街に暮らす者で、大なり小なり火の被害を見たことがない者はいない。

警戒を促す声は煙よりも早く広がって、最新式の蒸汽喞筒はもとより、古式ゆかしい木製手動の喞筒、龍吐水さえ持ち出される。いっぽうで、物見高い野次馬や、火事場泥棒を狙う者もいて、花蝶屋が位置する京町二丁目への通りは込み合った。

「な、なんだ、これは……？」

しかし、駆けつけた者たちは、水桶やらさすまたを手にしたまま固まることになった。

花蝶屋の、二階建ての建物は全体が火に包まれている。見ているうちにも屋根が崩れ壁が落ち、心臓も凍る火災の恐ろしさそのものの地獄絵図を描いている。

だが——見えない壁でも聳えているかのように、炎は決して花蝶屋の敷地を出ることがないのだ。軒を接する両隣の建物は、何ごともなく、昼の遊郭の侘しさを漂わせたまま、黙然と佇んでいる。その異様さに、誰もが息を吞んで動けなくなってしまったのだ。

「助けてえ！」

燃え盛る花蝶屋の暖簾を掻き分けて、娼妓がひとり、飛び出してきた。その女の背に、燃え落ちた木材が降りかかるが——

これもまた見えない手が動いたかのように、赤熱した炭のようになった木材は、不自然に軌道を変えて地に転がった。女には、傷ひとつない。

「おい、いったい何が起きたんだ？」

寝ていたところを跳び起きたのか、襦袢一枚の姿の女を囲んで野次馬たちは口々に問いかける。その女は、寝惚けまなこのまま、首を振るだけだったけれど。

「あたしたちも何が何だか……」

燃える花蝶屋から逃れた者たちは、その後も続々と現れた。

皆、恐怖に顔を引き攣らせ、身の回りのわずかな品を抱えただけの着の身着のまま――そして、一様に無傷で、尋常でない火災を外から見て初めて気付いて目を瞠っていた。

「内所で、旦那とお客が話していたところらしいんだけど」

「天罰だよ！　悪どいこともしてたからさあ」

「お稲荷様が、って聞こえたよ。神様は見てるってことじゃないのかい」

その、花蝶屋の楼主はいったいどうしているのか、と。当然のごとく湧く疑問に、娼妓たちは馬鹿にしたように鼻を鳴らした。

「あたしらの証文が大事なんだってさ」

「命あっての金だろうに、ねえ！」

彼女たちの借金の詳細を記載した書面は、普通は火災にも耐える金庫にしまっておくものだが。実際に火災に遭えば気が動転することもあるのだろう。

守銭奴をあえて助けに行くのも気が進まないし、そもそも不思議の炎は人に燃え移ることはないようだし——ならば事態を見守ろうか、という空気が辺りには漂った。

避難した花蝶屋の者たちと、消防に駆けつけた者たちと、野次馬と——吉原中が集まったかのような大人数が見守る中で、花蝶屋の建物は天を衝く黒煙をあげ、崩れ落ちていく。

燃え尽きた木材は地に黒く積もり、熾火がそこここで赤く燃える。その燻る炎を、さくり、と軽やかな音を立てて黒塗りの高下駄が踏み躙った。

「なんだ……？」

「まだ人がいたのか？」

楼主はまた別として、見世の者は全員逃げたのではなかったのか。

野次馬たちの疑問に、花蝶屋の者たちは一斉に首を振る。彼ら彼女らも逃げ遅れた同輩に心当たりはないのだ。

ではいったい何者なのか——怖れを孕んだ疑問の眼差しは、すぐに讃嘆のそれに変わる。

「ああ……」

呆けたような呻きは、誰の口から漏れたのだろう。あるいは、その場にいた者の全員か。

言葉を失うほどに美しい——幻のような光景を前にすれば、人はひたすらに見蕩れて溜息を吐くことしかできなくなるのだ。

先頭にいるのは、一対の禿。双子なのか、鏡合わせのようにそっくりの顔をした童女がふたり、それぞれ青と赤の振袖を纏ってつんと澄ました顔で露払いをする。桃割れに結った髪を飾る、桜を模した簪の合間から、白と黒の猫の耳が覗いているのはいったいどうしたことだろう。

次に現れたのは、定紋入りの提灯を下げた番頭風の男だった。月の中に束稲――そのような紋を掲げる見世が吉原にあっただろうか、と。観衆が首を捻るうち、眩い輝きがふたつ、その男の後ろから現れた。

地上に太陽が降りたかのようなその輝きは、豪奢な立兵庫に髪を結ったふたりの花魁の姿をしていた。

眼差しも鋭く凛とした、薔薇のような風情がひとり、艶のある笑みを口元に湛えた、咲き誇る牡丹の色香を漂わせるのがひとり。

いずれも高下駄で優雅な外八文字を踏んで、その美貌を野次馬から頭一つ抜きんでさせている。珊瑚に鼈甲、金銀細工、髷に刺した簪や笄が後光さながらに眩い光を放ち、彼女たちが歩むたび、金銀の切片を連ねたびらびら簪が、しゃらしゃらと涼やかな音を奏でる。

今の吉原に生きる者は、初めて見る者も多かっただろう。

一歩ごとに花魁が踏み出す足の、意外なほどの力強さ。白くちらりと覗く踝の艶めかしさ。重い衣装を纏って涼しげに歩むために、彼女らの全身から漂う気迫と凄み。

高下駄を履く分、花魁たちの仕掛の裾は長く厚く作られている。外八文字とは、その裾を蹴り立ててその艶やかさを見せつけるための足の運び方なのだ。

薔薇の風情のほうは、炎を纏った鳳凰。牡丹のほうは、天翔ける龍。いずれの花魁も、身体の前で抱える帯はもはや一幅の絵画のような幅と豪華さだ。

座敷の中で座っていては、その美を愉しむことなどとうていできない、花魁道中のためだけの華やかな装い――それが、たまたまその場に居合わせただけの有象無象の前に、惜しげもなく披露されている。

江戸の御代もかくやの、花魁道中が明治の吉原に顕現していた。

それも、美しいだけではない、怪しくも恐ろしい――その列に連なる者は、どれもただの人間ではないようだった。

「あ、あれ……角、だよな……!?」

花魁に傘をさしかける若い衆は、額に牛のような角を戴いていた。鬼だ、という喘ぎがどこからか漏れる。

それだけではない。婀娜に微笑む女は、長く首を伸ばして、品定めをするかのように野次馬の男ひとりひとりの顔を覗き込む。提灯を下げた男は、一見平凡な顔をしているが、ふとした拍子に目も鼻も口もないのっぺらぼうになっていて、見る者に目を擦らせる。

やけに色白の女が手を振れば、いまだ舞う火の粉に雪花が交ざり、行列に眩い煌めきを添える。

ほかにも、ひとつ目の者、蛇の鱗を纏う者、笑った口元に鋭い牙を覗かせる者――いずれも、異形のものばかり。

これは、百鬼夜行の花魁道中なのだ。

魅入られた者たちがようやくそうと呑み込む間に、行列は粛々と進んでいく。花蝶屋の残り火のことなど、もはや誰も気に留めていない。

行列の最後にいたのは、意外なほどに平凡な容姿の小娘だった。年のころは十六、七か。江戸の御代ならいざ知らず、今の吉原では娼妓になるには幼過ぎる。菖蒲の模様の着物も、余所行きとしては悪くないものの、花魁の仕掛の豪華絢爛さには遠く及ばない。

ただ――その娘の顔かたちは、この界隈では多少、知られていた。

「おい――あれは、花蝶屋の下新じゃないか？　懸賞金が懸かってるっていう！」

「あ、ああ……確かに千早だが、なんであそこに……？」

密かに出回っていた似姿の絵に、その娘はそっくりだった。興奮した様子の男に肩を叩かれて、花蝶屋から焼け出された若い衆が頷きつつも首を傾げる。だが、尋ねた相手はその怪訝そうな表情に構わなかった。

「懸賞金の話はまだ生きてるな!? あの娘、何か知ってるかもしれない!」

尋常でない事態が続いて、混乱していたのもあるのだろう。そこに金を得る好機だと閃(ひらめ)いて、それ以外のことが考えられなくなったのか。

娘がいたのが行列の最後尾で、まわりに異形の者がいなかったのは、幸か不幸か——男は、列に近づくと娘の肩に手を掛けた。

「お前、今までどこにいたんだ!? 神隠しにでも遭ったかと——」

馴(な)れ馴れしく図々(ずうずう)しく、男は娘を振り向かせようとした。だが、できなかった。

「う、うわっ!?」

火花が激しく散って、男は手を跳ねのけた。

花蝶屋の者たちを誰ひとりとして傷つけなかったあやしの炎が、その男の指先だけはしっかりと焦がしていた。赤くなった手を押さえて、呼吸を荒らげて、男は呆然(ぼうぜん)と佇む。その視線の先には、娘の傍(そば)に控えた大層美しい青年の姿があった。

花魁道中なら、見世の主(あるじ)がいる位置、だったのだろうか。

角も牙もない男は、それでも近づき難(がた)い威厳に溢(あふ)れ、異形の者たちを統べているのだと容易に知れた。美しい男は、娘を背に庇(かば)って吉原の者たちを鋭い眼差しでぐるりと眺めた。

この娘に手を出すな。

口に出してこそいないが、男の命令をその場の者たちははっきりと聞き取った。あるいは目を伏せ、あるいは頭を垂れ——了承の意を示すと、あやかしたちの主は満足そうに頷いて、隣の娘に目線で行こう、と促した。

男の目配せに頷いてから、千早という娘は息を呑んで見守る一同に、深々と、丁寧に頭を下げた。そうして、あやかしたちの後について歩き始める。

あれは別れの挨拶だったのだ、と。見ていた者たちが悟ったのは、名残惜しさを感じさせない、娘のすっきりとした後姿を見てからだった。

＊＊＊

吉原中を感嘆させた百鬼夜行の花魁道中は、どこからともなく現れて、どこへともなく消えた。

その日から、吉原はある噂でもちきりになった。

花蝶屋は、九郎助稲荷の天罰が下って燃え尽きた。姿が見えなかった下新の千早という娘が楼主の悪事をお稲荷様に注進したのだ。その手柄によって、その娘はお稲荷様のお傍に召されたのだ、と。

終章　神代も聞かず

新聞を抱えて帰ってきた四郎は、妙に楽しそうな顔をしていた。

「まだまだ世間では噂ですねえ。吉原は花蝶屋の神隠し、って！」

人の世に散歩に出かけた彼は、例の騒動を扱った記事を買い漁ってきたらしい。

本当のところは調べようもないし、渋江子爵も知らぬ存ぜぬを通すだろうから仕方ないけれど、十六年世話になった千早も知らない、おどろおどろしい「花蝶屋の真実」とやらが書き立てられているのには苦笑してしまう。花蝶屋が「天罰」を受けた理由について、
世間はそれらしい因果を探さずにはいられないらしい。

（殺された娼妓が埋められているとか、身代持ち崩した客が呪ったとか……）

花蝶屋は、良くも悪くも普通の遊郭だったのだろうと、今の千早は考えている。

女たちが涙を呑んで身を売るのも、楼主が金に目を輝かせるのも。どの見世でも多かれ少なかれあることで、天罰だというなら、吉原の街全体が灰燼に帰していただろう。

（こうなったのは……あえて言うなら――）

必死さと偶然の賜物、だろうか。

捕まりかけた千早は、必死に助けを願った。家に囚われていた寿々お嬢様は、必死に解放を願った。そして、たまたま、人の祈りを待っていた神様が耳を傾けてくれた。

偶然が組み合わさったことでこうなっただけで、きっと、大げさに記事にするようなことではない。もちろん、世間の人から見れば大事件ではあるのだろうけれど。

「なんだ、どれもでたらめばかりねえ」

月虹楼の女たちが見ても、記事が憶測と妄想で成り立っているのは明らかなのだろう。四郎の土産を物珍しげに手に取った姐さんたちは、笑ったり顔を顰めたりしている。幽霊や祟りとあやかしは、また別物ということらしい。

「姐さんたちはもっと綺麗でありんした」

「下手な絵師でありんすなあ」

猫の幽霊なのか、それともあやかしになったのか——千早には分からない瑠璃と珊瑚は、挿絵が不満なようで唇を尖らせている。ふたりの頭を宥めるように撫でると、すぐにごろごろと喉がなる音がし始めた。子猫たちは他愛ないのだ。

「写真機を持ってる人は、いなかっただろうしねえ」

たとえ写真に収めたとしても、色もついていない写真を荒い新聞紙に印刷したのでは、花魁たちの美貌の輝かしさも衣装の煌めきも、舞い散る炎と雪が交ざった妖しい眩さも、とうてい表すことはできなかっただろうけれど。あの時あの場にいた者たちは、いずれ夢のような光景を見たと、語り継いでくれるだろうか。

（きっとそうなるわ。とても、綺麗だったもの……）

もう何度目か、千早はあの花魁道中を思い出してそっと目を閉じた。彼女を追憶から現在に引き戻すのは、四郎の弾んだ声だ。

「でも、これで見世が繁盛するなら願ってもないでしょう」

「ええ、そうですね」

火災の恐怖や、怪談めいた報道とは裏腹に、世間の好奇心はあの道中を行ったのはどんな見世なのだろう、という方向にも向けられていた。

神か鬼かは分からぬが、あんな美女がいる遊郭に登楼してみたいものだ、と──吉原周辺をうろつく若者も多いようだ。

肝試しや物見遊山気分でやって来られるのは少々癪だけれど、月虹楼の暖簾を潜って花魁たちと対面すれば、並みの男なら自然と背筋が伸びるものだ。すでに、良い馴染みになりそうな感触の者もいる。

（九郎助稲荷へのお参りも増えたって言うし……！）

あの日の花蝶屋で、お稲荷様、という言葉を聞いた者は、吉原のお社にもまだ神様がおわすのだと気付いてくれたらしい。縁結びや失せもの捜しなんかを願ってくれる者も現れてくれて、最近の朔は忙しそうだ。祈りの力があれば、月虹楼も当面安泰だろう。

（その間に、明治の世にも慣れていけば良いんだわ）

あの道中で浴びた、当代の吉原中からの驚きと讃嘆の眼差しは、月虹楼の者たちに自信を与えてもくれた。

ひょいと新聞を買いに出かけた四郎のように、今の世の街並みや店先を、それこそ物見遊山感覚で見物に出かける姐さんもいる。葛葉花魁がドレスを着るのも、そう遠い日のことではないかもしれない。

＊＊＊

一件落着、何もかもがめでたしめでたし——かというと、そうでもないのが厄介だった。

（結局、私の役目って何なのかしら）

月虹楼の店先を掃き清めながら、千早は心中で唸っていた。

人の世のしがらみを断ち切ることはできたけれど、次はこの見世で何ができるか、を真剣に考えなければならない。掃除に裁縫、料理——色々と手伝わせてもらったけれど、彼女でなければできない仕事はない。手ごたえや適性としてもこれ、というものはまだ見つかっていないのだ。

相談相手として、多少は頼られてはいるとはいえ、それは仕事とは言えないだろうし。

せめて雑用係として、もう少し使えるようになりたいものなのだけれど。

意味もなく何度も同じ場所を掃いていると――おずおずと、彼女の名を呼ぶ声がした。

「千早――」

聞き覚えのある声で、また話したい声だった。その主を求めて慌てて顔を上げると、果たして思い描いていた姿が目に飛び込んでくる。

「……寿々お嬢様⁉」

叫ぶと同時に、千早は箒を放り出して寿々お嬢様に駆け寄っていた。女学生の袴姿ではなく、今日は千鳥柄の小袖を着て――なぜか、三毛猫の若菜を抱えている。

（若菜？　なんで、連れ歩いてるの？）

吉原界隈を縄張りにしてはいても、若菜はお嬢様以上の箱入り娘だ。花蝶屋の庭を遠く離れるのは嫌がるのに。

とはいえ、猫のことは気になりつつも、寿々お嬢様とは話したいことがたくさんあった。

（ええと、何から聞けば――）

ぐるぐると頭の中で渦巻くことを上手く整理できなくて、千早の最初の言葉は唐突なものになってしまう。

「あの、花蝶屋は見世を畳むって――」

楼主の悪行の報いを受けたのだと、もっともらしく新聞に書かれていた。

寿々お嬢様の願いはこれで叶ったのだろうか。世間からは極悪人のように噂されて、これからどうするのか。聞きたいことは多く、そして直截に問うのは憚られた。曖昧に言葉を途切れさせた千早に、お嬢様は、けれど朗らかに笑う。

「ええ。証文もみんな焼けちゃったんだもの、仕方ないわよね」

新聞には書いていなかったことをさらりと言われて、千早は目を見開いた。

証文は、娼妓の身の上を縛るもので、楼主にとっては財産にも等しい。見世が焼けても証文は焼けないよう、どこも万全の備えをしていると聞いているのに。

「誰も怪我をしなかったのに、丈夫な金庫が壊れるなんて……不思議よね」

「そ、そうですね……」

若菜を抱えたまま、器用に肩を竦めたお嬢様は、何もかもを承知しているようだった。

つまりは、何を燃やして何を遺すのかは朔の意図によるものだったということ。そして、その上でまったく責めたり悲しんだりする気配はない。

それどころか、お嬢様はかつてなく晴れ晴れとした表情をしていた。

「なんて顔してるのよ。私は、すっきりしたのよ？　お父さんも、こうなった以上は違う商売を始めるしかないでしょうしね。田舎に親戚がいるんですって。取りあえずはそちらを頼って——いかがわしいことをしないように、見張ろうと思ってるわ」

「そう、ですか……」

生まれ育った場所を離れるのは、きっと心細いことだ。いっぽうで、吉原周辺に蔓延(はびこ)ってしまった噂を避けられるのは良いことなのかどうか。

でも、いずれにしても、寿々お嬢様は遠いところに行ってしまうのだ。何を言えば良いのか分からなくて俯(うつむ)いた——千早の鼻先を、茶色と黒と白の柔らかな毛がくすぐる。

「だから、この子をお願い」

「え!?」

目の前に突き出された若菜を、千早はどうにか受け止めた。

大人しい猫は、抱き手が変わってもうにゃあ、と鳴くだけで、もぞもぞした後に千早の腕の中に納まった。少し前までよく遊んであげたのを、覚えてくれているのかもしれない。

「無駄飯食らいだし、遠くに連れ回すのも可哀想(かわいそう)だし……あんたのとこには、きょうだいもいるって」

寿々お嬢様が低く呟(つぶや)いたのを聞いて、千早は若菜を抱く腕に力を込めた。

瑠璃と珊瑚とこの子の縁は、すでに聞いている。禿(かむろ)たちがしきりにお嬢様の猫を気にしていた理由も、それで知れたのだ。きょうだいが一緒に暮らせるのは、きっと良いことのはずだ。お嬢様は寂しいとしても。

「ええ……。あの、きっと喜ぶと思います。大事にします」

「そうしてちょうだい……!」

若菜を抱き締めて応えると、お嬢様は安堵したように微笑んだ。思い切るためにか、一歩退いて千早から距離を取って――寿々お嬢様はそっと目を伏せた。

「私、あんたに謝らなくちゃと思って。ひどいことを言ったのと、騙そうとしたのと」

「いいえ……！　私は、気にしていません」

この人のほうも、千早に言いたいことがあって来てくれたのだ。忙しいであろう中、人目も気になるだろうに、若菜を抱えて。

もっとはっきりと、気にしなくて良いと信じてもらえるように言葉を尽くそうと思うのに、できなかった。お嬢様とのこれまでと、これからと、もしかしたらあったかもしれないこと。あまりにも色々なことが頭を過ぎって、喉を塞いでしまう。

「それに、ありがとう」

千早がもどかしく不器用に言葉を探す間に、お嬢様は続ける。

「花蝶屋が燃えたのは私が願ったせい。あと、お父さんが強欲だったから。だからあんたは気にしなくて良いわ。見世の人たちも……行き先については、お父さんとお母さんができるだけ頑張るって。……だから、あんたが気にすることじゃないわ」

言いたかったことを先に言われてしまって、千早は言葉ではなく動作で想いを伝えようとした。若菜を逃がさないようしっかりと抱えて、深々と頭を下げたのだ。

「お嬢様……。はい。私こそ、ありがとうございました」

「何に対してよ？　御礼を言われるようなことはしてないわ」

　軽く顔を顰めて手を振ったお嬢様は、いつもの強気が戻っているようだった。これならきっと大丈夫、だろうか。千早には、信じることしかできない。

「じゃあ、ね。元気で……」

　お嬢様がもう立ち去る気配を見せたので、千早は慌てて声を上げた。

「あの、落ち着いたらまた来てください。若菜の様子を見に……瑠璃と珊瑚も、会いたいと思うので！」

「そうね、できたら、ね。……ここ、どうやって来れたのかも分からないんだけど」

　寿々お嬢様は、怪訝そうに眉を寄せて辺りの光景を見渡した。吉原で生まれ育ったのに、知らない遊郭が目の前にあるのが不思議でならないのだろう。

「私や若菜がいれば――縁があれば大丈夫だと思います。ここは――『そう』なんです」

「そう、なの？　じゃあ……また？」

　千早の説明を聞いて、お嬢様は首を傾げながらも別れの言葉を変えてくれた。再会の可能性を残したものへと。

「はい。またお会いしましょう。――お元気で」

　千早と若菜に手を振って歩き出した寿々お嬢様の後姿は、背筋がぴんと伸びていた。きっとお嬢様も、自分の人生を自分の意思で切り拓くことができるようになったのだ。

若菜を抱いて見世の中に戻ろうとした千早の背に、低いところから声が掛かった。

「……千早、千早」

振り向いても、人の姿は見えない。ただ、声にはまたしても聞き覚えがある。

嫌な予感を覚えながら、千早は低い位置も視線を走らせ——草葉の影に金茶の毛並みが見え隠れしているのを発見した。

猫の毛よりは硬そうだけど、それでもふんわりとして美しい——狐の、毛皮。

「……里見さん、ですか？」

呼び掛けると、その狐はてふてふと小さな足音を立てて全身を露にした。

千早の前にちょこんと座った彼の毛皮は、ところどころ焦げて禿げている。前に見たふっさりとした尻尾も、ずいぶんと萎んでしまっているようだった。

「ああ。みっともない姿で悪いがね。お宅の楼主様がやったことだからねえ」

尖った口に牙を剝いて唸る里見の言葉を聞いて、千早は悟る。朔は、このあやかしにも容赦しなかったのだ。もう少し懲らしめておけば、なんて言っていたけれど、狐の逃げ足よりも炎のほうが速かったらしい。

(可哀想だけど、油断は禁物、よね？)

何しろ一度騙されているから、可愛らしくも哀れっぽい獣に近付く気にはなれなかった。

若菜をしっかりと抱え直して、千早は里見から距離を保とうとする。

「葛葉姐さんはまだ怒ってますよ。お引き取りになったほうが良いです」

「ああ……そうだろうな」

里見は、苛立たしげに前足で地面を掻いた。狐の姿なら可愛らしいけれど、騙されてはいけない。洋装の男が同じことをしていると思えば、印象はまるで変わるのだから。

千早の冷ややかな目つきに気付いたのか、里見は——狐なのに——甘えるような猫撫で声を出した。子爵に対峙していた時を思い出させて、揉み手をする人間の男の姿が見えるようだった。

「でもね、葛葉は子猫どもを可愛がっていただろう？　妹分を連れてきてやったのは私の力添えがあってのことだ。そこのところを伝えてもらえないかねえ？」

「……お嬢様を連れて来たのは、貴方だったんですか……!?」

「ああ。そうとも」

里見が得意げにヒゲを動かしたので、千早は声を上げてしまったことを後悔した。

(本当かしら。私がいて、瑠璃と珊瑚がいるんだから、じきに入って来れたんじゃ……)

寿々お嬢様も若菜も、月虹楼にはしっかりと縁があるのだから。多少は迷うかもしれないけれど、あやかしの世に入り込むことは十分にできそうな気がする。

でも、里見は千早の疑念を読み取ったかのように言い添えた。

「猫を抱えて、きょろきょろしていたからねえ。あの花蝶屋の娘だ、後ろ指さされちゃ気の毒だろう?」

今の吉原で、寿々お嬢様の身元が知れたら口さがないことを言う者がいそうだ、というところは確かに頷かざるを得なかった。それなら、千早はこの狐に借りがあることも認めなければならない。

「……姐さんに伝えても、良いですけど」

渋々ながら、の口調が気に入らなかったのだろうか。里見は、焦げた尻尾を激しく振って地面を叩いた。耳もぴんと立って――怒っているのだろうけど、どうも瑠璃や珊瑚を思い出してしまうから迫力がない。

「あとは! 渋江子爵は、養子を迎えることにしたそうだ。だからあんたが狙われることはもうないはずだ。養子殿からすれば、爵位がもらえたほうが嬉しいし、娼妓の娘を妻にするのはご免だろう。万が一子爵の気が変わっても、止めてくれるだろうさ。……どうだ、安心しただろう?」

「ええ、まあ……」

渋江子爵のことは、正直言ってそこまで心配してはいなかった。千早はこちら側――あやかしの世に腰を据えたのだし、百鬼夜行の噂も広まっている。お偉い人は醜聞を嫌うだろうから、これ以上の動きはないだろうというのが朔や姐さんたちの読みでもあった。

（でも……意外と、気を遣ってくれたのかしら……？）

もちろん、第一には葛葉の機嫌を取るために、まずは千早を懐柔しようということなのだろうけど。彼女のために子爵家の内情を探ってくれたことに対しては、ちゃんと御礼をしなければならないだろう。

「えっと、ありがとうございます。……この子を皆さんに紹介したいので、失礼しますね」

「あ、おい……！」

若菜を抱いて背を向けようとした千早に、里見は慌てたようにぴょんと跳ねた。狐の姿だとやっぱり可愛いとしか思えなくて、思わずくすりと笑ってしまう。朔の怒りを恐れて追っては来れないことも分かっているから——つい、揶揄（からか）いたくなってしまう。

「葛葉姐さんは、最近は洋装に興味がおありですよ。見られなくて残念ですね」

「何だと!? おい、俺があんなに勧めたのに！」

文明開化の波は、ようやく月虹楼にも届いたのだ。白糸（しらいと）と織衣（おりえ）はドレスの研究に余念がないし、花魁（おいらん）たちもどんな意匠が自身の美を引き立てるかと、とても乗り気だ。千早にとっても楽しみで、そして、里見にとっては悔しいことこの上ないに違いない。

「あと、ちょこれえとがお気に召したそうですよ。甘いだけじゃない、ほろ苦いのが良いと仰（おっしゃ）って」

自棄(やけ)になったように地面に転がる里見に、思い出したように呟くと、ぴたりと動きが止まった。金色の目が、じっと千早を見上げてくる。ささやかな御礼だと、この目敏(めざと)いあやかしなら気付いただろう。事実、狐の裂けた口元がにんまりと笑った。

「……なるほど。とびきりの上物を貢いでやろう。じゃあな、千早」

言うが早いか、金茶の毛皮は風のように素早く千早の前から姿を消した。その足でちょこれえとの調達に向かおうというのかもしれない。

(あの人が味方になってくれれば良いんだけど、ね……)

葛葉のためにも、見世(みせ)のためにも。江戸の御代(みよ)から生き馬の目を抜いてきたという手腕は、きっと月虹楼にも必要だから。お互いに、もう少し信用できるようになると良い――そんなことを考えながら、千早は今度こそ月虹楼の暖簾(のれん)を潜(くぐ)った。

若菜を抱いて見世に入った千早は、歓声に迎えられた。あやかしたちの美しさや異形の不思議さに拘(かか)わらず、猫の可愛らしさはまた格別なのだ。

「まあ、この子はどうしたの？」

「寿々お嬢様が来てくださって――預かることになったんです」

幸い、花蝶屋で育った若菜は知らない大勢の人――人ではないけれど――に構われるのも慣れている。だから抱く腕が次々と変わっても、大人しく喉を鳴らしてくれていた。

「瑠璃、珊瑚、おいで」

元から大きい目をまん丸くしている禿ふたりに千早が呼び掛けると、弾かれたような勢いで駆け寄ってきた。これほど小さい子供は花蝶屋にはいなかったからか、それとも血の繋がりが分かるのか、若菜が怪訝そうににゃあ、と鳴く。

「わっちらの妹じゃ！」

「どうしてここにいるのじゃ？」

歓声を上げて若菜を覗き込む瑠璃と珊瑚に微笑んで、千早は身を屈めた。

「これからは一緒に暮らせるよ。あのね――」

事情を説明するうちに、ふたりの目はきらきらと輝き、ついでうるうると潤み始めた。息を合わせる気配もないのに、ふたりして同時に千早に飛び付いて、苦しいほどにぎゅっとしがみついてくる。

「わっちらはこの見世で幸せだけれど、この子のことは気になっておった」

「様子を知るどころか、一緒に暮らせることができるとは」

「主のお陰じゃなあ」

「千早、ありがとう」

左右から訴えられ、身体をすり寄せられてよろめきそうになりながら、千早はそっと白と黒の耳を撫でた。柔らかい毛並みの感触が、胸が痛くなるほど愛おしい。

溺れさせられて殺されるなんて、とても苦しかっただろうに。今が良ければ良いと言えて、離れた妹のことを案じられるなんて。

(この見世は、この子たちの居場所でもあるから――)

だから、守らないと。千早が決意を新たにした時、お針の白糸がひょいと顔を覗かせた。

「千早、内所(ないしょ)で楼主様が呼んでるよ」

「はい。すぐに行きます」

千早も、朔に若菜のことを伝えなければ、と思っていたところだった。猫の一匹くらい大丈夫だとは思うけれど、楼主の許しを得なければならないから。

白糸について内所に向かうと、朔のほかに織衣も待っていた。繕い物関係の仕事でもあったのかしら、と首を傾げつつ、千早は口を開いた。

「楼主様、あの――」

「千早。貴女(あなた)のお陰で近ごろ嬉しい忙しさだ。改めて――というか何度でも言うつもりだが……ありがとう」

まずは若菜のことを手短に、と思ったのに。朔に深々と頭を下げられて、千早は慌てて腰を浮かせた。

「い、いえ、そんな……っ。私こそ、助けていただいたんですから!」

「そうか?」

激しく首と手を振る千早を見て、朔はふんわりと優しい微笑を浮かべた。もしかして彼女の反応を予想して揶揄ったのでは、なんて思うくらいに、目を細めてじっくりと眺められて——恥ずかしさに、千早は耳が熱くなるのを感じながら俯いた。話の主導権は、すっかり朔に移ってしまっている。

「懸念もなくなったところで、貴女の見世での役割を正式に決めても良いかと思ったのだが。特に希望する役どころはない……という状況で間違いないかな」

「はい……。すみません、取り柄がなくて……」

浮かれた恥ずかしさが情けなさに変わって、千早は顔が上げられない。あやかしに比べると、ただの人間の小娘の、なんと非力で無能なことだろう。

「では、こちらから頼みたいことがある」

「は、はい」

だから、朔に言われれば否やがあろうはずがない。

追い出されるかも、だなんて考えてはそのほうが失礼というものだろうけど、役割がない居心地の悪さは耐え難いものだから。

汚れ仕事でも力仕事でも何でも、の思いで、千早は正座して朔からの命令を待った。覚悟を示そうと、彼の顔を真っ直ぐに見つめて。

でも、何秒、何十秒待っても、朔は口を開いてくれない。整った綺麗な顔を見つめ続けるのも、それはそれで気恥ずかしいものだというのに。

「ほら、楼主様。早く」

「言わないと千早も困るでしょう」

促しても失礼にならないかどうか、千早が真剣に悩んでいると、白糸と織衣が朔を交互に突いてくれた。といっても手を出すのではなく、言葉でそっと急かしたのだ。

ふわりと優しい微笑は、このふたりが常に纏っているもの。でも今日は、どこか悪戯っぽい気配も漂わせている気がして、千早は密かに首を捻る。

「あ、ああ」

朔は、どういう訳かぎくしゃくと頷くと、白糸と織衣に目配せした。お針のふたりは嬉しそうに立ち上がり、内所の隅から平たい木箱——着物を収納するためのもの——を持ってきた。真新しい桐の香りがするその箱の表面をそっと撫でてから、朔は蓋に手を掛けた。

「……白糸と織衣に頼んでいたんだ。これを……千早に」

「わ——」

まず目に飛び込んで来たのは、山吹色の生地の鮮やかさだった。

細やかな凹凸が、色味にいっそうの温かみを添えている。次いで、千早の溜息を誘うのは、細やかな刺繍の模様だ。銀糸で描いた流水紋に、金で彩られた赤い紅葉が舞い落ちる意匠。秋を先取りしたというだけではなくて、これはきっと——

（ちはやぶる、の歌からだ……！）

ちはやぶる　神代も聞かず　竜田川　からくれなゐに　みずくくるとは――百人一首の、在原業平の短歌。不思議や奇跡に満ちていた神代の昔にも例がないほどの、色鮮やかな紅葉の景色を描いたもの。

千早の名の由来でもある歌を表した着物を、朔は仕立ててくれたというのだ。

「ありがとうございます！　でも、どうして……着物はもう作っていただいたし、こんなに綺麗なものをまたいただくなんて……？」

この着物は自分のためのものだ、と思うと心が弾む。弾み過ぎて、心臓が弾けてしまうのではないかと思うほど。

でも、同時に不思議だった。寿々お嬢様と会う時に仕立ててもらった外出着よりもなお、この「ちはやぶる」の着物は上質で手が掛かっている。白糸と織衣だって、ひと晩で誂えるという訳にはいかなかっただろう。

「西洋では、男が求婚する時には指輪を渡すものだというが」

「はい、そうですね」

突然関係のない話を切り出されて不審に思いながらも、千早は相槌を打った。すると、朔はなぜか顔を顰めて、白糸と織衣は袂で口元を隠してくすくすと笑う。三人ともいったいどうしたのか、やはりさっぱり分からない。

とても苦い茶でも呑んだような顔つきで、朔はまた口を開いた。

「俺にはその習慣は馴染みがないし……かといっていきなり白無垢という訳にもいかないし。だからなるべく千早を驚かせずに伝えられるように、相談していたんだ」

「……え？」

ここまで言われれば、何を言われているかは分かる——と、思う。

でも、信じられるかどうかはまた別だ。間抜けな声を上げたきり固まった千早に、朔は辛抱強く語り掛けてくれる。膝を進めて、少しだけ、ふたりの間の距離を縮めながら。

それによって吸い込まれそうな黒い目も近づくものだから、千早はろくに息もできない有り様だった。

「特段の希望がないなら、ここに——月虹楼の内所に、俺の隣にいてほしいと思った。前に、内儀と言っただろう。あれもまた俺の願いだった。心の底から漏れてしまったと——後から、気付いた」

「え？　ええ!?」

千早は、ひたすらに驚いていただけだった。意味をなさない声しか出せないのも、朔から目を逸らして、助けを求めるように白糸と織衣のほうを向いてしまうのも。

でも、朔には拒絶に見えたのかもしれない。彼は悲しげに目を伏せて、睫毛の濃さと長さでまたも千早をどきりとさせた。

「無理にとは言わない！　嫌なら、ほかの役割を用意する。ただ……この見世には、どうか――」

「嫌なはず、ないです！　どうか、いさせてください！」

　自分のせいで、朔が心を痛めていると気付いて、千早は思わず声を上げていた。

「……本当に？」

「はい！」

　勢いよく頷いた次の瞬間、求婚――なのかどうか、まだ分からないけれど！　――を受けたように聞こえてしまうことに気付いて、慌てて言い添える。

「あの、というかこの見世に……ずっといたいと、思っている……んですけど」

　これは朔の求める答えになっているのかどうか。

分からなくて、心配で。そっと彼の顔を見上げると、満開の桜のような――綺麗で華やかで晴れやかな笑みに、千早の目は釘付けになる。

「今はそれで構わない。あり得ないとか絶対に嫌だということでなければ」

　舌も凍らされてしまったから、嫌ではないと示すにはぶんぶんと首を左右に振るしかない。その勢いに安心してくれたのか、朔はにこりと笑みを深めて千早の手を取った。

「では――改めてよろしく。……ということで、良いか？」

「は、はい。よろしく、お願いいたします」

ようやく動くことを思い出してくれた舌で、やっとそれだけ呟くことができた。茹蛸のように真っ赤になった千早の横で、白糸と織衣が楽しそうに語らっている。

「それこそ、神代も聞かず、でしょうねえ」

「ええ、迷い込んだ人の娘があやかしに馴染んで神様を落としてしまうなんて」

「落とすなんて、そんな……！」

恐れ多い表現に目を剝く千早の髪を、けれど朔はそっと梳いた。掃き掃除をしていたところだったから、軽く括っただけの雑な髪形でしかないというのに。

「いや、見事に落とされた」

なのに、花魁を口説くような艶のある声と口調で優しく語り掛けてくれるのだ、この神様は。

「着物を着たところを見てみたい。着てくれるか？」

「……はい」

朔の顔を真っ直ぐに見つめることなど、恥ずかしくてできそうにない。小さくこくりと頷くのが千早の精いっぱいだった。それでも、手の熱さや赤い耳や頬や項が、彼女の想いを存分に語っていただろう。

＊＊＊

吉原にまことしやかに流れる噂がある。

細見にも載っていない、それどころか、どの通りを覗いても普段は見つからない見世が「どこか」にあるのだという。

夢と現の狭間にあるその見世に登楼するのは、偶然に迷い込んだ者だけ。

あるいは、条件を満たした者とも言う。月のない夜に目を瞑って歩くとか、決められた順に角を曲がるとか、九郎助稲荷に詣でてからとか——眉唾ものの願掛けじみたやり方の数々は、それだけその見世に出会えた者が少ないという証でもある。

それでもその見世で遊ばんとまじないを試す者が後を絶たないのは、尋常の遊郭ではないからだ。天女のように美しい花魁が手招きするかと思えば、化け猫が躍り鬼が嗤う、あやかしの遊郭なのだとか。古式ゆかしくも懐かしく、恐ろしくも美しく妖しい世界に浸ってみたいと世知辛い明治の世に疲れた者は願うのだ。

あやかしの遊郭ならば化かされたり喰われたりはしないのか、という者もいるが無用の心配だ。なぜなら、その見世の内儀は人間だというのだから。か弱い人間の女ながら、その内儀はあやかしどもの手綱をしっかりと握っているのだとか。

だから、吉原をそぞろ歩いて、見知らぬ風景に迷い込んだとしても恐れることはない。暗闇の中にぽつりと浮かんだ灯が、客人を歓迎することだろう。束稲(たばねいね)を抱える三日月の紋の暖簾(のれん)を掲げて現れた——見世の内儀は、客の姿を認めて微笑(ほほえ)むはずだ。そして、言うだろう。

「——月虹楼へ、ようこそお出(い)でくださいました」